光文社文庫

文庫書下ろし

# もちろん奇妙にこわい話

寄せられた「体験」

阿刀田《あとうだ》高《たかし》 選

KOBUNSHA



光 文 社

この作品は光文社文庫のために書下ろされました。

# はじめに

読者の皆様から大好評を頂いている一般応募による秀作集「寄せられた体験」シリーズ。毎夏の恒例になったとも言える「奇妙にこわい話」は、今回で通算八冊目となります。応募作品の総数は二百九十一通で、昨年を上回りました。回を重ねるごとに、反響も大きくなっていくようです。たくさんのご応募をいただき、ありがとうございました。

そうした作品群の中から、とりわけ優れた三十一編を、ショートショートの名手・阿刀田高氏に精選してもらいました。氏ならではの選考の妙味が感じられるラインナップに、ご満足いただけることと思います。どうぞ、ご堪能下さい。

今年度も、「奇妙にこわい話」を募集します。（詳細は巻末をご覧下さい。）より一層のご応募をお待ち致しております。

それでは「もちろん奇妙にこわい話」の世界をお楽しみ下さい。

二〇〇八年

光文社文庫編集部

# 目次

## 佳作

※収録者の方々の住所および年齢は応募時のものです。

# 最優秀作

# 羊飼いの男

河内美加《かわうちみか》
（新潟県・37歳）

まだまだ残暑の厳しい九月、私は新潟県長岡市の新潟県立近代美術館で開かれているルーブル美術展へと出掛けた。

私の住む街からは高速道路を使って一時間ちょっとかかるが、好きな音楽を聴きながら楽しいドライブとなった。

美術館の中はひんやりと涼しかった。ガラス張りの壁の向こうはギラギラとした太陽が照りつけ、ガラス一枚で隔てられた空間は、まるで別世界のようだ。

静かな館内を進み、展示室へと入って行った。

作品は年代順に展示されており、最初の展示室には、キリスト教の影響を色濃く受けたものが多かった。色彩的には暗く落ち着いた印象を受けたが、いろいろな表情のキリスト、慈愛に満ちた聖母マリアの微笑《ほほえ》みは、美しいの一言に尽きる。

次の時代は、貴族の肖像画が数多くあった。

ここぞとばかりに胸に勲章《くんしょう》を飾り立てて胸を張る紳士。頬を赤らめ、恥ずかしそうな表情の少女。素晴らしいドレスを着て、満面の笑みを浮かべる貴婦人。ふくよかな胸、滑らかな肌、頬はバラ色に染まり、まるで今そこにいるかのように生き生きと描かれている。歴史上の有名な人物の肖像画もたくさんあった。その先の未来を何も知らないまま、時が止まっている。

次の展示室には、聞き覚えのある画家の作品がたくさん飾られてある。ミレー、マネ、モネ、ルノワールなど、一度は教科書で見たことのある作品もあった。色彩の豊かさ、表現の美しさ、独特の描き方。見る者を引き付けて止まない才能に目を奪われた。

近代に近付くと、描かれる対象が変わっていく。寂しい農村風景、そこで働く農夫達。居酒屋で酒を飲む男達。人々の日常風景が描きだされている。

その絵は、出口へと続く最後の展示室に飾られていた。

大きな絵で、縦二メートル横四メートルはあるだろう。まずその大きさに圧倒された。そこに描かれていたのは、夕暮れ時に羊の群れを連れて帰ろうとしている羊飼いの男の絵だった。

何に心を引かれたのか、遠くに見える地平線の広がりなのか、夕暮れの空の色なのか、私はその絵の前に立ち止まった。

太陽が沈んだ後の夕映えが辺りを包み込んでいる。男は小高い丘の上に立っていた。丘を下った所に羊の群れがいて、犬が羊達を追いたてている。それだけの絵だった。でも、何かが私の心を摑《つか》んで放さなかった。

男は、等身大に近い大きさで、背中を向けて立っている。

この絵を描いた画家は、どこからこの男を見たのだろうと思った。この位置からだと近すぎる気がしたのだ。そう思って前後左右に動いてみたが、やはり先程の位置がしっくりとくるのだ。

この絵を描いた画家は、この場所でスケッチをしたのだろうか。ただ通り過ぎただけなのかもしれない。でも、この風景の一体何に心を引かれたのだろう。

男をもう一度見た。黒い帽子を被り、ヒゲを生やしているのがちらりと見える。上着の肘《ひじ》の辺りに当て布をし、羽織《はお》ったマントの裾にもつぎはぎの跡がある。同じくズボンもつぎはぎだらけ、履いている靴もボロボロだ。

この男は、ここで生まれ、ここで育ち、ここで働き、ここで年をとり、そしてここで死んでいく。彼の親も、そのまた親もそうであったように。ここで生き、この土地を守っていく。彼の人生が見えたような気がした。

次の瞬間、風が吹いた。

小高い丘に向かって吹きつけてくる風は、草原の匂いがした。羊達の啼き声が耳に届いた。羊達を追いたてる犬の吠え声が聞こえる。夕映えの空が広がり、草原をわたる少し湿った風が私の頬を撫でていく。

そんなはずはない、頭では分かっている、なのに、羊の啼き声が確かに聞こえてくるのだ。どうなっているのか、何が起きたのか分からない。

また風が吹き抜けていった。

私の目の前にいる男のマントの裾が揺れた。そして、その男が振り向こうと顔を動かしたのがちらりと見えた次の瞬間、私は絵の前に立っていた。

私は大きく息を吸った。まるで、今まで息をするのを忘れていたかのように……。

絵は元のまま、そこにあった。

今のは何だったのだろう。

吹き抜ける風の匂いも、羊の啼き声もまだ耳に残っている。マントが風で揺れたのも見えた。男が振り返ろうと頭を動かしたのも、この目で見た。

私は足早に美術館を後にした。うだるような暑さも感じなかった。

もしも、あの男が振り返って私を見たとしたら、私は今、ここにいたのだろうか。そんなことを考えると、あの男の眼が見える気がした。

# 優秀作

# スリッパの中で

庄司勝昭《しょうじかつあき》
（東京都・42歳）

私が、あるメーカーの営業をしていた頃の話である。私の担当は、学校マーケットにコンピューターを販売する仕事で、訪問先のほとんどが、高校や大学だった。その日も、いつものように、営業車に乗り、ある高校を訪問した。

どこの学校も玄関を入ると靴箱、賞状やら優勝盾《たて》なんかが置いてあり、ああ、この高校は野球が強いのか……。

なんてことを考えたりしながら玄関を抜けると、ずらりと並ぶのは靴箱。汗の臭いというか、土の臭いというか、まさに学校の臭いがした。玄関で来客用の靴箱を開ける。来客用の靴箱に書かれている番号は、数字だったり、アイウエオだったり、学校によって違っていた。その時は、2番の靴箱を開けた。中に入っているスリッパを取り出すと、右のスリッパの先が上からクシャッとつぶれており、違う靴箱からちゃんとしたスリッパを取り出そうとしたが、隣の3番の靴箱にはスリッパがなく、やむを得ず2番から取り出したスリッパに無理やり右足の先を入れ、先生の待つコンピューター準備室に向かった。

ドアをノックし、中に入ると担当の先生が既にコンピューターの資料を持って待っていた。

「どうも、お忙しいところ、お時間頂きまして有難うございます。お電話でお話ししました来年度のコンピューターご更新のモデルの件ですが……」

話を切り出しながら、何か右足の先が少し落ち着かない。スリッパの奥に足が到達していない感じがした。靴箱から取り出した時は、上からつぶされたようになっていたが、足先を入れたら、つぶれていたスリッパの上部が通常の形に戻り、ちゃんとしたスリッパに戻ったはずなのだが、どうも右足の先が窮屈なのである。ひょっとするとこのスリッパの内部構造が、おかしな形をしているのではないだろうか。そんなことも考えたが、左足の先は窮屈ではない。右足の先だけなのである。そんなことを頭の片隅で考えながら、先生との商談を進めた。

「あの、このモデルは最新で非常に処理速度も速く……」

先生に説明をしながらも右の足先が気になる。右足の指を手で言えばグーにしている感じで、非常に違和感がある。その時、以前にも同じようなことがあったことを思い出した。新しい靴を買った時である。買ったばかりの靴を箱を開けて履こうとした時、足先に型崩れをしないように紙が入っていたのだ。

そうか、そうかもしれない……。

と思ったが、こんなに古いスリッパに型崩れ防止の紙が入っているなんてあり得るだろうか。ここまで古くなるまで誰にも履かれたことがないのだろうか。それよりもこのスリッパは、先がつぶれていたのだから、誰も履いたことがないわけはないだろう。

「それでは、このモデルで手配させて頂きます……」

日頃から、その先生とは人間関係をよくしていたので、特段に問題もなく、来年度の納入モデルはすんなりと決まった。

「本日はどうもお忙しいところ、有難うございました」

頭を下げ、挨拶をしてコンピューター準備室を出た。

少しの間、右足の窮屈さを忘れていたが、歩き始めると、やっぱり窮屈だ。しかし、玄関までは階段を降りてすぐだから、少し歩きにくいが、このまま歩こうと、ペタペタと音をたてながら廊下を歩いて行った。

玄関まで来て、ずっと気になっていたスリッパを脱いで、靴を履いた。一体このスリッパの中はどうなってるんだろうか。覗いてもただ、暗いだけだった。そうだ、何かホコリでも詰まっているんじゃないかと右のスリッパの先を上に向け、コンコンと床に落としてみた。すると、黒いホコリの塊《かたまり》が出てきた。その時はホコリの塊だとしか見えなかったが、何の塊なんだろうかと少し見ていると少しずつ、そのホコリの塊が動いているように見えた。

おかしいなぁ……。

そう思った瞬間、そのホコリの塊のようなモノが三つに分かれ、左右に素早く散らばって行った。

な、なんだ！　これは！

ナント、そのホコリの塊の正体は、ゴキブリだったのだ。

その光景を見て、声にならぬ声を出しながら、走って高校の玄関を出た。営業車までたどり着き、車を走らせた。

運転しながら思った。

私の右足の指はスリッパの中でゴキブリと共存していたのだ。それも三匹もだ。

ゴキブリも自分の住処としていたスリッパにいきなり何か得体の知れない物体が入り込んできて、出るに出られず、息を潜めていたに違いない。

何とも気持ちが悪く、あの足先の感覚を早く忘れたいと思っていたが、まだ、しっかりとその感覚は右足の先に残っていた。

そんなことを考えながら、車を走らせていたせいか、ブレーキを踏む度に右足に何か違和感がある気がした。

あの嫌な感触が残っているのだろう。

と思い、そのまま、車を走らせ、会社の駐車場に着いた。バックで駐車位置に止め、最後にブレーキをグイッと踏んだ時、右足の先に違和感というか、間違いなく何かがいることを感じた。

何かは分かっていた。

ああ……まだいた！　ゴキブリだ！

# 右手

藪口莉那《やぶぐちまりな》
（兵庫県・21歳）

幼い子供は幽霊を見る、という。繊細だから、純粋だから、などとさまざまな原因も囁《ささや》かれる。それが、はたして真実なのかどうか、私には分からない。しかし、十四年という年月が流れた今も、あの夜の記憶は鮮明に私の脳裏に焼きついて離れないのだ。

母によると、私は不思議な言動の多い子供だったらしい。一例を挙げよう。私が五つの頃である。当時、リビングには大きな一人用のソファが置いてあった。そのくすんだオレンジ色だけを、ぼんやりと覚えている。ある日、母と二人で外出をした。日が傾く頃、家に帰り着いた母は、私の手を引いてリビングを横切ろうとした。その時、私が足を止めた。母が振り返ると、私は不思議そうにソファに目をやっていた。一体どうしたのか、と母は尋ねた。するると、振り返った私は、母を見上げ、

「このおばあちゃん、誰？」

と、誰も座っていないソファを指差したという。ぞっとしながらも、

「誰もいないじゃない」

と母はこたえた。しかし、私は再び、

「座ってるよ。着物を着たおばあちゃんだよ」

と言った。母は、何も答えず、私の手を引き、リビングを飛び出したという。

母の思い出話には、この類のものが数多くある。しかし、幼かったためか、その大半は私自身の記憶にはない。それでも、これらは母の作り話ではない、と私は確信している。幽霊は存在し、私はそれを見ていたのだ、と。


八つになるまで、私は父、母、そして弟と一つの部屋に集まって寝ていた。その子供部屋は、小さくはなかったが、四枚の布団を敷くと、一杯になった。冬場は子供二人が一枚の布団に入り、暖をとったものである。怖がりだった私にとって、豆電球だけがともる室内は、なんとも言えず不気味なものだった。足元にある、見慣れた飾り棚は、大きくのしかかってくるようだ。昼間、一緒に遊ぶ人形たちが、枕元に並んで私をじいっと見つめている。横を向くと、壁に弟と書いた悪戯《いたずら》書きがある。よく見ると人の顔のように見えて、昼間の悪戯を後悔する。夜は、何もかもが恐ろしく感じられたのである。そのため、私は家族が起きているうちに、誰よりも早く眠ることを心がけていた。眠ってしまえば、いつのまにか朝が来るのである。

ある夏の夜のことだ。七つの頃だと記憶している。私は、いつものように皆の話し声を聞きながら、一番に寝入った。一体何時間が経ったのだろうか。ふ、と意識が浮上した。瞼《まぶた》の裏に、光が見えない。そっと目を開ける。いつもはカーテンの向こうに見える陽光が、見えない。トラックの走る音が聞こえた。寝転んだまま左を見ると、眠る父母がいた。

こんな夜中に目が覚めることは、滅多にない。しん、と静まりかえった部屋は、私の最も恐れるものだった。少しずつ、目が慣れてくる。豆電球の仄《ほのか》な明かりに照らされる部屋を、見回す勇気はなかった。母を起こそうか、と考え、やめた。暗闇の中、母に手を伸ばすことすら怖かったのだ。

ごそり、と薄いタオルケットに頭までもぐる。足を丸めて、小さくなった。そうすると、部屋は見えなくなり、ほんの少し安心できるのだ。夜中に目を覚ましてしまった時は、いつもそうやって目を瞑《つむ》った。そうすれば、いつの間にか再び眠ることができたのである。

しかし、この夜は、いつもと違った。いつまでも、眠りは訪れない。それどころか、だんだん目が冴えてくる。タオルケットの中は、豆電球の明かりも届かない。ねっとりとした熱気を孕《はら》んだ闇が、私を取り囲んでいる。耐え切れず、そっとタオルケットから顔を出した。

父母をじっと見つめる。しかし、二人ともやはり眠ったままだ。やっぱり、起こそう。そう思い、手を伸ばそうとした。その時である。ふと、背後に違和感を感じた。そちらには弟が眠っている。恐怖や寒気を感じたわけではない。ほんの小さな違和感である。弟も、目を覚ましたのだろうか。ゆっくりと、体を反転させた。

自分が一体何を見ているのか、すぐには理解ができなかった。弟の布団と私の布団の間。そこに、あまりにも自然にそれは生えていた。まっすぐと上を向いたピクリとも動かない右手。二枚の布団を押し上げるように、隙間《すきま》から突き出している。開いた浅黒い手の甲に刻まれた皺《しわ》と浮き出た血管が、同居する祖父を思わせる。叫ぶことも、動くことも思いつかず、私はただそれを見つめていた。

そのまま、長い長い時間が流れたようだった。しかし、実際は二分も経っていなかったのだろうと思う。呆然としている私の前で、それがゆっくりと動き出した。指がぎしりと曲がる。手首がくの字に折れた。私は、じり、と母の方へ体を寄せようとした。その時、手が弟の方を向いた。そして、弟の頭を目掛けて、ずるりと伸び始めたのである。

気がつくと、私の右手が、それを叩いていた。その時感じた冷たい、ぐにゃりとした感触は未《いま》だに忘れることができない。叩かれた瞬間、手は音もなく布団の境に吸い込まれた。それを見届けた瞬間、眠気とも思える感覚が、私を襲った。その夜のことは、それ以上覚えていない。母に起こされ、いつもどおりの朝を迎えたのだと思う。

翌日、父母にこの話をしたが、妙な顔をされるだけだった。私自身、夢と現《うつつ》の狭間《はざま》で見た幻か、と思った。そして昼を過ぎ、父母は弟だけを連れ、外出した。留守を任された私は、玄関を掃除する祖父を相手に昨夜の体験を語っていた。リビングからは、玄関の正面に置かれた古い木製の柱時計が見える。窓と玄関の外を掃く祖父は、壁に隠れてしまい、窓からもほとんど見えない。がちゃん、がちゃん、と玄関を出入りする音が時折聞こえるだけである。私は専《もっぱ》ら自分の手と柱時計を見ながら話を続けた。

「ほお」

と、時折聞こえる生返事から、祖父も信じていないことが分かった。爪を弄《まさぐ》りながら、悔し紛れに、

「じいちゃんの手にそっくりだったよ」

と、言ってみた。そして、柱時計を向いた。そして、見たのである。柱時計の向こうから、玄関に向け、皺だらけの浅黒い手が伸びていた。五指を曲げ、ぴたりと静止している。思わぬ前夜の再現に、思わずどきり、と心臓がはねた。しかし、すぐに合点《がてん》がいった。祖父の悪戯だ。

「そうそう、そんなかんじだったよ」

と笑った。すると、手はするりと柱時計の陰に隠れ、見えなくなった。その時、がちゃり、

と玄関のドアが開いた。そしてバケツを抱えた祖父が入ってきた。この時見た手は、あの夜中の手と同じものだった。今でも、そう思っている。

あの手を見たのは、その二度だけだ。月日は流れ、あの子供部屋は今、私一人の自室となっている。数年前に飼い始めた小さなチワワが、目下の同居人である。大規模なリフォームの末、壁紙も家具も変わり、当時の名残《なごり》は、もう残っていない。

しかし、突然目が覚め、眠れない夜がある。まどろみは掻き消え、ただ、目を瞑り、朝を待つ。そんな時、足元に目をやると、暗闇の中、空を見つめるチワワが見える。鳴きもせず、尻尾も振らない。置物のように座り、闇を見つめる彼女を見ると、ああ、今そこに誰かいるのかな、と思うのである。

# どこかの世界から

天坊三朗《てんぼうさぶろう》
（福岡県・48歳）

一

十年前、私たち三人は何かと理由をつけては会って無駄話に興じていました。三流印刷会社の営業課員だった私は、公共ポスターの仕事を通じてデザイナーの田中さんと知り合い、その彼から、梯《かけはし》さんを紹介してもらったのでした。梯さんは田中さんの長年の友人で、都内某私立大学の文学部教授でした。田中さんは身長百八十センチあまりで体重百キロ、梯さんは身長こそ田中さんと同じぐらいでしたが、ほっそりとした体型で二人の対比が面白かったことをよく覚えています。田中さんはフリーランスのデザイナーで、私が獲得した仕事は彼に回しましたし、時には田中さんに直接舞い込んできた仕事を私の業績とすることもありました。最初はそんな仕事上の関係でしたが、小さなことにこだわらない田中さんの大らかな性格とスポーツ観戦という趣味が一致し、いつしか遊びも共に、となったわけです。そのうちなんとなく梯さんも加わるようになったのです。

梯さんはあらゆることに精通しておられ、自身の専門である中世の日本文学はもちろんのこと、サッカー、野球、とスポーツ全般に造詣《ぞうけい》が深かったのです。特に野茂《のも》以前から、メジャーリーグには詳しく、一時は新聞のコラムの連載も持っていたほどでした。

我々は、大体決まって金曜の夕刻、恵比寿にある田中さんの事務所にそぞろ集まりました。一応は仕事の打ち合わせを行う。その後、終業時間を見計らって梯さんを呼び出し、いそいそと夜の街に繰り出していく、というのが定番でしたね。

で、そんな時期でした、そのことが起こったのは。念のため当時の出勤簿も確認してもらいましたが、確かに私は五日間病欠となっており、診断書も添えられていました。正直、思い出したくもない出来事なのですが、しかし、本当にそれは起こったのです。

二

「大河原さん、ちょっとね、面白い話が舞い込みましたよ」

そろそろ鍋物がほしくなり始めた晩秋のある夜、三人でいつものように集まった行きつけの居酒屋で田中さんがそう言いました。

「メールが舞い込んできてね、パンフレットを作成してほしいっていうのよ」

「甘いな、田中さん、見本作らせて、原版だけいただいてさ、ほな、さいなら！」

実際に、世俗には疎《うと》い坊ちゃん育ちの田中さんはこれまで何度も騙《だま》され、その尻拭《しりぬぐ》いに私が駆け回ったことも度々だったのです。

少々酔ってきた田中さんは、口をとんがらかせ、

「いや、大河原さん、私もそうそう甘ちゃんじゃない。都度《つど》払いという条件で見積りをあげたのさ。そしたらね、都度前金で、ということなのよ」

「ふーん、まあ都度払いならね。で、何を、どのくらい？」

チラッと梯さんに視線を送り、田中さんは、

「そこでだ、梯の登場さ」

勝ち誇った声でそう言いました。

依頼人は都内の小さな文化事業団体で大枚の寄付の予定があり、小さな美術館を作るようになったそうです。その美術館には江戸時代の文化財を収集する予定で、その美術館の案内パンフレットを、ということでした。部数は一万部、田中さん経由ということであれば価格は田中さんのコントロールになり、こちらも恩恵にあずかることができる。当然に梯さんにも蜜の滴《したた》る果実が手に入るはずで、その日は実に愉快な夜となったのでした。

三

その後この仕事は順調にすすみました。ゲラ刷りも終わり、校正も無事すんで、立派なパ

ンフレットが完成しました。田中さんは最終校をメールで送付し、後は部数決定を待つだけとなったのです。

しかし、ただひとつ気になることがありました。それは、依頼人によれば、その文化事業団体内でもこのプロジェクトは極秘に進められており、寄付主の税金問題も絡んで、連絡はメールのやり取りのみとしたい、という点でした。

田中さんはその依頼人に会ったこともなければ、声を聞いたこともなかったのです。クライアントの肉声を聞くことがなく仕事がすすむというのも妙な話でしたが、節目節目の入金は間違いなく行われており、こちら側には実損の発生もなかったので、特に誰も問題視しませんでした。他の仕事もあって皆、多忙でしたし、この仕事自体、仲間内のアルバイトといった色彩が強く、せいぜい数回の飲み代が出れば、と気楽に考えていたこともあったのでしょう。

だがそのときに誰かが、ちょっとおかしくはないか？　とでも指摘していれば、というのは今となってはもはや繰り言でしかありません。

四

その日我々は銀座の狭い路地裏にある梯さん行きつけの店で鮟鱇《あんこう》鍋を囲んでいました。どうも田中さんの表情がさえない。酒のピッチも早い。そこで問い詰めますと、重い口を開いたのです。

「実は例の、小遣い銭稼ぎの話、あれ、だめになった」

ほら見ろと私は思いましたね。結局、彼の仕事はいつもぬか喜びで終わるのですから。

「これが昨日届いた。ところどころ読めないんで閉口したが、結局寄付がうまくいかなかった、ということらしいね」

そう言うと田中さんは大層な手紙を鞄から取り出しました。巻紙に墨でびっしりと達筆がならんでいます。たしかに高邁な文章で意味もよくわからない箇所がたくさんある。しかし我々には専門家の梯さんがいる。梯さんはしばらくじっとその巻紙に目を落としていましたが、

「間違いない。断りの文章だ。丁寧に、極めて格調高く断ってきているね。謝絶文だよ」

そういい、またじっと目を凝らしておりました。

小金が入る予定が吹き飛んだことは残念でしたが、しかしもはやどうしようもありません。相手があっての営業ですから私はすぐに頭を切り替えました。田中さんも、もともと楽天家ですからすぐににぎやかな酒となりました。しかし、今度は梯さんが何やら考え込んで気もそぞろの様子です。挙句は、研究室に戻るので、と口早に話し慌しく引き上げる始末です。

なんとなくしらけてしまってその日は我々も早々に酒席を切り上げたのでした。

五

忘れもしないその翌日の土曜日、私は早朝の梯さんの電話でたたき起こされました。とにかく彼の研究室に一刻も早く来るように、ということです。とるものもとりあえず駆けつけますと、すでに田中さんは到着しており、私同様わけが分からないという表情です。梯さんは私を見ると、

「ありえない話だが、この書は安土桃山時代に活躍した近衛信尹《このえのぶただ》の書に間違いない」

と絶叫するのです。彼によると、近衛信尹はいわゆる三筆と称される書の大家で全国各地に足跡を残しているそうです。当然梯さんは専門家であり、近衛信尹の字体には精通しています。昨日、目の当たりにした手紙に驚愕《きょうがく》し夜を徹して、鑑定したということでした。

「念のため僕の師匠にも問い合わせた。世紀の大発見だ、といわれたよ」

どういうことなのか……。ただただ、我々は顔を見合わせるばかりでした。

六

田中さんが受け取ったメールに記載されていた住所を訪れたのは、それからすぐの日曜の

ことでした。京王線沿線のとある駅で降りた我々三人は、駅待ちのタクシーに乗り込みその住所まで連れて行ってもらいました。そして我々が下ろされたところ、そこはうっそうと大木の茂るごく鄙《ひな》びたお寺でした。

七

我々の問いかけに住職は、文化事業団体などはもちろん、大金の寄付などまったくありもしない話だ、とにべもありません。すると先ほどから一言も口をきかなかった梯さんが、押し殺したような声で問いかけました。

「ここには、近衛信尹関連の何かがありませんか？」

住職は目を細めて、

「ほー、あんた詳しいことじゃな。見たところどこぞの先生のようだが？　さよう、ここには近衛信尹公の御骨というものが祭られておる。あそこのお堂じゃがね」

そう言うと二十メートルぐらい先にある小さな祠《ほこら》を指差しました。それからちょっと待てと言い、本堂に引っ込んだ後なにやら手にして戻ってきました。

「一月前ぐらいから近衛信尹公の祠のそばにこんなものが散らばっておってな、あんたたちのものじゃなかろうか？」

そう言って我々にその紙を差し出しました。ところどころ、土で汚れてはいましたが間違いありません、それは我々がかかわったあのパンフレットのゲラ数枚で、確かに最終校もまじっていました。

八

それから一月後の暮れも押し迫った二十三日、田中さんは突然脳溢血《のういっけつ》でこの世を去りました。友人の突然の死はもちろん悲しくもありましたが、しかし私も梯さんもお葬式の日にはただ真っ青な顔をして呆然とするばかりでした。そして私が寝込んでしまったのもその日からだったのです。そしてそれ以来梯さんには一度も会っていません。

田中さんは、どこかの世界から突然の呼び出しを受けたのでしょうか？　それとも偶然でしょうか？　今となっては何もわからず、なにより私自身、思い出したくもないことなのです。でも、この話は、本当にあったことなのです。

# 肉まんは美味しい

福岡正修《ふくおかまさのぶ》
（東京都・52歳）

肉まんは冬の朝食にふさわしい。

大通りにあるコンビニに肉まんを買いに行こうと玄関のドアを開けると外はまだ仄暗い。カラスの鳴き声がいきなり耳に届いた。今日はゴミの日だっけとまだ目覚めていない頭をめぐらした。すれ違う人もいない早朝の道を歩いていると冬の冷気が顔を掠《かす》める。ジャンパーのポケットに手を突っ込み、顔を上げると静かな空に星がひとつきらめいていた。星の輝きは別れた女が潤いのある眼から一粒滴《したた》らせた涙のつやを思い出させた。

明けきらない道は白い街路灯、駐車場の黄色いネオン、マンションの非常階段の蛍光灯などが人工の無機的な明かりをちりばめ、寒々しい。

コンビニの自動ドアが開き、男が入ってくるのを認めた店員はさっとレジの横にあるガラスケースに眼を走らせた。そして、安堵したように男の言葉を待った。男も迷わずガラスケースの前に立ち「肉まんをひとつ」といつものように注文した。

今日は肉まんを手にすることができた。あまり早い時間だとガラスケースに何も入っていないときがあったり、「準備中」のお知らせの紙が貼ってあったりする。そういうときは一日の始まりを妨げられた切ない心地になる。

彼はN屋の肉まんが気に入っている。生地に弾力があり、噛《か》んだときの歯ごたえが高級感を与えてくれるからだ。弾力を圧《お》してかぶりつくと肉汁にたどり着く。そして、噛み砕き、飲み込むと胃がほのかに温かくなる。肉まんは手頃な価格で手に入る冬においしい食べ物だ。

休日の朝はゆっくりとできるので彼は肉まんをふたつ買った。テーブルに皿にのった白い肉まんがふたつ並ぶ。それをじっと眺めていると別れた女の小ぶりの乳房が連想された。愛は消失しても欲望の残り火は彼のこころに今もくすぶり続けていた。そっとぬくもりのある肉まんの生地をさわってみると、乳房を軸に輪郭のやわらかな女の白い肢体がおぼろに浮かんできた。まるい肩、ふっくらした乳、くびれた腰、すらりと伸びた足。そのすべてに舌を這《は》わした感触がよみがえってくる。どうして逃げ隠れするのか、再びめぐりあったらいたぶりつくすと呪いの言葉を吐きながら、肉まんをてのひらで愛撫するようにさすっていた。

すると、テーブルに置いていた携帯電話が鳴った。いきなり、女が叫び声をあげた。

「やめて、わたしの胸を触るの」

別れた女からだった。男は逢いたかった女の声を聞き、鮮やかに女の裸体が浮かび上がり、肉まんをさらに揉みつづけた。

「あなたの手が胸を這い回るの。もうやめて、お願いだから」女は哀願した。

「どうして、逃げるんだ」男は詰問した。

「あなた、わからないの、わたしを抱いているとき、あなたなんて言った。この乳房を喰ってみたいと言ったのよ。そして、本当に齧《かじ》ったのよ。今も歯形が残っている。だれだって逃げるわよ」

「愛しているからだよ、愛する女の身体をぼくの体のなかに閉じ込めて置きたかった。血となり、肉となり、一生涯お互い、一緒なんだ。ぼくの身体のなかで君のいのちは生きつづけることができるんだ」

「気味が悪い、聞きたくない、何度も言うけど、今すぐ触るのをやめて」

「さっきから、君は何を言ってるんだよ。ぼくたちは悲しいことに同じ部屋にいないんだよ。どうして触れるんだ」

「さっきから這いまわっているのよ、あなたの手の感触が」

男は確認するように肉まんを触るのを止めた。

そうすると女は言った。

「ありがとう。触るのをやめてくれたのね」

男は確信した。そして、温もりがまだある肉まんに齧りついた。女の悲鳴が轟いた。

女の白いブラウスから血が男の滴らすよだれのようにぬめりぬめりと流れた。赤い血は鳩《みぞ》尾《おち》から、腹、太腿を舐《な》めるように流れ、踝《くるぶし》まで届くと、フローリングの床を血の色に染めた。そのなかに女は仰向けに倒れた。

「おい、くに子、肉まんの起原知っているか。古代中国で生贄《いけにえ》の代わりに肉まんを人頭に見立てたんだよ。おれにはお前の乳に見えるんだ」ともうひとつの肉まんを平らげた。

男はおれが肉まんを本当に好きな理由がわかったと、ひとり微笑《ほほえ》んだ。

男の手から肉まんが消えると女の息がゆるやかになり、床に流れた血がすっとすべるようになくなった。陽のひかりが穏やかにまどろむ女の肢体を照らしていた。

ふと、眼を覚ました女はなんで床で寝ていたのだろうと不思議に思った。誰かの淫《みだ》らな夢にむりやり誘い込まれたような嫌な気分だった。女は、気分をさわやかにするために、熱いシャワーを浴びようとバスルームに向かった。

# ガラサーの森

平《たいら》 一樹《かずき》
（東京都・77歳）

キビ畑に囲まれた滑走路の端に降り立つとバス停のような、コンクリ平屋の空港待合室が待っていた。

那覇《なは》から六十人乗りのプロペラ旅客機で到着した石垣《いしがき》空港である。本土復帰五年前の石垣島は未だ米軍統治のドル時代のさなかだった。

十五セントタクシーに乗り替えて着いた港には、漁船と離島行き小型客船が寄り添って並んでいた。

信じられぬほど青い海に、真っ白な舷側がひしめく港は、強烈な太陽の下、原色の油絵そのままに輝いている。

離島に行く船はほとんどが焼玉《やきだま》エンジンの小さなポンポン船だった。

赤銅色《しゃくどういろ》の船長が十人にも満たぬ乗客を渡し板で船内に誘導する。

目指すは眼前にかすんで横たわる平坦なT島だ。

ガイドブックによれば——島びとの住居そのままが民宿で、ホテルと名のつく建物は一軒もない。

サンゴ礁の海に囲まれて周囲九キロメートル。石垣と赤瓦の屋根がフク木《ギ》の緑に覆われて点在しているという。

十一月も半ば、出迎えの影もまばらな島唯一の桟橋に降り立った。

桟橋といっても防波堤そのままで、一台の小型トラックが待っていた。乗客は荷台に荷物と一緒に乗り込む。

ガイドブックそのままに、中央に向かう一本道は白砂で被われ、軒の低い木造民家が赤瓦屋根の下で静まり返っている。

上空を舞うカラスばかりがやけに目につく集落だった。

目的の木造民宿は、濃い桃色ブーゲンビリアの花に被われ、ヒンプン（風除けの石垣門）を前景に、赤瓦屋根の下でうずくまっていた。

出迎えたのは、明るく饒舌《じょうぜつ》なオヤジに、もの静かな奥方。そして、オバァを交えた三人。息子たちは那覇で生活しているのだという。九十歳を越える品のいいオバァはこの島の「つかさ（司）」だとオヤジは胸を張った。

司——つまり神事を司る女性で、島一番の重要人物なのだ、と説明される。

オバァは深く刻まれた皺の笑顔が美しかった。

オヤジ自慢のサンシン（琉球三味線《しゃみせん》）演奏を皮切りに、採れたての海の幸、更に泡盛《あわもり》も副《そ》えてその晩の夕食は大いに盛り上がった。

民宿のかたわら漁もやるオヤジの収穫——原色のブダイ、タコ、シャコ貝の大盛り。それにオバァが摘んできた島の野草・薬草——東京で味わったこともない御馳走ばかりだ。

ところで、私がこの離島を訪ねた理由は、手付かずの海に囲まれて、八重山《やえやま》諸島一番のチュラ（美しい）島と言われる村落の風物——白砂敷きの道を挟んで並ぶ石垣塀と赤瓦屋根民家、南風にそよぐ原色の花々、群がる蝶等々——の撮影・取材である。

そしてもう一つ、懸案の「ウタキ（御嶽）」を訪ねて撮影することだった。

「ウタキ」とは、遠い昔から琉球民族の信仰対象であった「ニライカナイ（海の彼方の浄土とその神）」を祀り祈る神殿のことだ。

島の歴史・伝説・物語等を身ぶり手ぶりで熱演するオヤジだった。早速この島のウタキについて聞いてみた。

と、オヤジの笑顔が消えて急に真顔になった。

「ウタキに入ってはならん！」

今までオヤジの饒舌に相槌を打っていた奥方も、オバァの笑顔も消えてしまった。

「ウタキ」は島びと以外に絶対立ち入ってはならない神聖な場所……であった。

そういえば以前沖縄関連の書物で〝沖縄離島の「ウタキの秘祭」を覗きに踏み込んだヤマ

ト（本土）の観光客が袋叩きにあった〟という記述を思い出した。

私はオヤジの言葉に素直にうなずいた。

翌日から一週間、私は朝から晩まで、島の隅々をカメラ片手に歩き回った。フィルムも残りわずかになった。

でも、忘れ物のように心の隅に残るものがあった。帰りが近づくにつれてそれは大きくなっていった。

帰りの船が明日出るという夕べ、食卓は特別賑やかだった。オヤジのサンシンに奥方は踊り、オバァも手拍子を打った。

その夜更け、盛大な宴で酔いが回ったはずの私だが、何故か頭が冴えて寝つかれなかった。

心に残った忘れものが膨らみ、頭を締めつけて離れない。

――民宿裏側のこんもり茂った大きな森。私を誘うように神秘な暗がりが口をあけ、白砂の径《こみち》が奥に延びていた。奥にウタキがあるに違いない――。

あの景色がどうしても頭から離れないのだ。

未だ夜は明けぬ……。

隣室の皆に気づかれぬよう、カメラ入りバッグを肩に、そおっと裏口に向かう。

前方に巨大な亜熱帯樹木の繁る森の入り口が待っていた。

暗がりに続く径が白いカーブを描いてどこまでも続く。

トンネルのように覆いかぶさる亜熱帯樹林をくぐりながら相当歩いたように思った。が、森の中をただグルグル回りしているのではないか？

不安になり始めた時、正面の樹林の間にボウッと白い建物が浮いている。

石造りの小さな社《やしろ》だった。

周囲に低い石垣を巡らした古めかしい社殿は「ウタキの社殿」に違いなかった。

息をひそめて侵入。カメラを向けて気がついた。社殿の壁の背後に扉がついている。

あたりを見回しながら扉を開け、社殿を通り抜けると、また径がうねっていた。

足跡をつけぬようそっと径を辿《たど》れば、樹林はとぎれて柴草の空間が広がる。

中央にはサンゴの岩礁に囲まれた小さなほこらが立っていた。

そのほこらには、石をくりぬいた素朴な香炉が置かれて、平線香の燃え残りが載っていた。

ここは島の聖地「ウタキの森のウガンジュ（拝所）」に違いなかった。

神秘な空気があたりに満ちて、緊張感に全身が痺《しび》れるようだ。

それでは……、と肩からカメラを外してシャッターを切ろうとした時だ。

「グァーン」物凄い衝撃が頭頂に走った。

痛みと同時に眼前が真っ白になり、うずくまってしまった。

「すいません！」わけも分からぬまま、痛む頭を抱え、恐怖に耐えながら振り向いた……。

誰もいない。

左右を見回したが、誰もいない。

ウガンジュ周辺の空間は人影一つなく、静まり返ったままである。

理由の分からない衝撃の恐怖ほどこわいことはない。ゾッとして、身体中が総毛立った。

何秒、何分経ったのか……。

茫然としてうずくまったまま、ふと足元を見ると太い枯れ枝が一本転がっていた。棄てられた凶器なのか？

腰を上げ、手を伸ばそうとした、その時だ。ガサガサッと頭上の樹葉が揺れた。

「カア～」一声あげて黒い影が飛んだ。

大きなカラスだ。

加害者はウタキに棲《す》むカラスだった。

誰もいないウガンジュに踏み込んだ私を目がけて、枯れ枝の爆弾投下だった。

衝撃の理由が判明した途端、私は再びその場にへたり込んでしまった。

夜明けが近づいて、亜熱帯の樹葉も白砂の径も次第にくっきり姿を見せてきた。

むしり取った亜熱帯樹の枝葉で、周辺に残った足跡を後ろ向きで消しながら、ウガンジュの庭を後にする。

禁を破って聖地に入った後悔と、カラスの打撃のショックに足は重かった。

帰り道はばかに遠かった。森の出口に近づいたあたり、前方から杖をついて小さな人影がやってきた。老婆のような姿だ。早朝のウガンジュ参りだろうか。

罪人のような気持ちで、私は急いで木陰に身を隠した。

家族一緒の民宿の朝食に、私は何くわぬ顔で卓袱台《ちゃぶだい》を囲んだ。

裏口からそっと忍んで帰ったので、ウタキの森に入ったことは誰も気づいていないはず、と思っていたが……。

「お疲れ様。ウタキに行きましたね」

大きなタンコブができた私の頭を見ながらオヤジは苦笑いを浮かべていた。

でも、それ以上何も言わなかった。

オバァは相変わらず綺麗な皺の中で微笑んでいた。

帰りのポンポン船上から、遠ざかる平坦な島にあのウタキの森を探してみたが、見つからない。

島の上空では相変わらずカラスが乱舞していた。

船べりでカラスの群れをじっと見詰めていた私に赤銅色のポンポン船の船長が話しかけた。

「ガラサー（カラスの沖縄方言）が好きなのかい。ガラサーはな、森のウタキの番人さ」

口ごもっている私に船長は続けた。

「司を知ってるかい。ガラサーはな、島代々の司の生まれ変わりなんだ」

「ポウッ」……汽笛を鳴らしながらポンポン船は石垣港に近づいた。

十二月が近いとはいえ、強烈な沖縄の太陽にきらめく青い港は、出船入り船でざわめいていた。

# 明烏

加《か》藤《とう》周《しゅう》吾《ご》
（茨城県・40歳）

三十年以上前の話である。

私が小学二年生の時、同じクラスにK君という男の子がいた。普段は口数が少なくてどちらかというと目立たない児童だったが、雨の日になるとにわかに存在感が増す子供だった。

当時の担任教師のはからいで、雨の日は休み時間に外で遊ぶことができないので、マンガ本やかさばらない程度の遊び道具なら持ってきてもよいというきまりになっていた。今なら携帯ゲーム機が主流になるだろうが、当時はそのようなものはなく、互いに持ち寄ったマンガの読み回しをすることが多かった。

とまれ、そんな雨の日にK君が持参したのは、かなり偏《かたよ》ったジャンルの書籍だったのだ。たとえば『心霊写真特集』あるいは『妖怪大図鑑』さらには『これが死後の世界だ』等々。そして怖いもの見たさで同級生が集まってくると、その中心でK君はいつになく饒舌《じょうぜつ》になって怪談講釈を行っていた。

それは、ある雨の午後の休み時間だった。その日は珍しくK君の周りにギャラリーはおらず、私一人が彼の持参した気持ち悪いタッチのホラーマンガを後ろからのぞき読んでいた。

するとK君は突然本を置いてこちらをふり返った。

「夜中の薬売りの話、知っている？」

知らない。私が首を横に振ると、K君はさらさらした長い髪の毛をいじりながら、親戚の人から聞いたという話をはじめた。

「もし夜中に突然電話がかかってきて、『くすり、は、いりません、か？』と聞かれたら、必ず『いります』と答えなければだめだよ」

急に強まった風で教室の窓がいっせいに小刻みな音を立て始めた。

「……どうして？」

「もし『いらない』なんて答えたら、病気やけがして病院に行っても薬を出してもらえなくなるんだって」

背筋を冷たいものが走った。話自体はどこかで聞いたことのある陳腐な都市伝説の類なのだが、K君が低音でこもった声質でたどたどしく呟《つぶや》いた「くすり、は、いりません、か？」という口調は、知らない大人に耳元でささやかれているような臨場感があったのだ。

しかも私はその数カ月前に麻疹《はしか》に罹《かか》って高熱が続き、医者に二度も往診してもらったという経験をしていたので、K君の「夜中の薬売り」の話を作り話だと一蹴できず、妙なリアリティを覚えた。

注射をしてもらえず薬も処方されず高熱にうなされてのたうちまわっている私を、いつもニコニコと応対してくれるかかりつけのお医者さんが冷ややかな目で見下ろしながら「仕方がないね。君が薬はいらないなんて言うからだよ」と告げる場面が頭に浮かんだ。

それからしばらく、私はこの「夜中の薬売り」の恐怖に怯える日が続いた。夜に家の電話機が鳴ると、私は就寝中でも目を覚まし、応対する親の声に耳を研《と》ぎ澄ませた。一度は母の、「結構です、家ではいりませんからっ」とぴしゃりと断る声を聞き、本当に心臓が止まるほど驚いた。

そのときの電話はおそらく怪しげなセールスか融資紹介の類だったのだろうが、私は思わず部屋を飛び出して「今の電話って『薬はいりませんか』と言っていなかった？」と母にしつこく問うて逆に叱られたりした。もっともこの恐怖は月日の経過とともに徐々に薄らいでいって、新しい学年に進級するころにはすっかり消えていたのだが。

その後互いに別々の中学に進学してからK君との音信は途絶えた。そして私が大学を卒業して間もない頃、別の同級生から端無《はしな》くもK君に関するうわさを聞いた。

その同級生もはっきり確認したわけではないが、K君は二十歳のころ夜釣りへ出かけて海に落ちそのまま亡くなってしまったというのである。

ふと「夜中の薬売り」の話が頭を過《よ》ぎった。もっともその時点では若くして亡くなった級友の、在《あ》りし日を偲《しの》ぶための記憶の精査にすぎなかったのだが。

さらに年月が経って私は結婚し、子供ができるまで千葉県内のマンションに住んでいた。ある日仕事で遅くなって帰宅すると、妻はすでに就寝していた。着替えてシャワーを浴び、ソファに寝転んでナイターの試合結果を伝えるテレビをぼんやり眺めていると、突然電話が鳴った。真夜中である。こんな時刻にいったい誰だろうと訝《いぶか》ったが、すぐに大学時代のサークル仲間だと見当をつけた。翌月に別の仲間が結婚を控えていて披露宴での余興の打ち合わせを近々相談したいと、少し前に連絡があったのを思い出したのだ。しかし受話器を取ってみても無言のままだった。見当をつけた仲間の名を呼んでみたのだが、それでもなお無言。

「もしもし?」

「………」

「どなたですか?」

「………」

いたずら電話だ。受話器をおこうとした。その時、かすかな声が耳元に伝わってきた。

「……は、いりません、か?」

「はい？」

どこか聞き覚えのある低くこもった声質でたどたどしい口調だった。

「……くすり、は、いりません、か？」

刹那《せつな》にあの姿が蘇《よみがえ》った。雨の日に怖い話を語るさらさら髪の少年、若くして夜釣りで海に落ちて死んだという不運な級友……。

「くすり、は、いりません、か……くすり、は、いりません、か……くすり、」

繰り返されるその問いかけに、私は震える声で応じてしまった。

「い、いります、いりますっ」

そう返さなければ次の瞬間何か恐ろしいことが起こるような気がしたのだ。

「……わかり、ました」

そう言って電話は切れた。同時に言い知れぬ恐怖がぞわぞわと足元から這い上がってきた。すぐそばにずぶ濡れのK君が立っているような気がして、私はテレビも室内灯もつけっぱなしのまま電話線をはずしてソファの上でじっと動かずにいた。

気がつくといつのまにか東の窓がほのかに明るんでいた。夜が明けた。朝の陽光というものは、人の心に宿った不安や恐怖をいったん寝かしつける妙力がある。寝不足できつい一日になりそうだが、それよりもあれほど怯えていた恐怖感が立ち去った安堵の気持ちの方が強かった。

緊張の解《ほぐ》れでにわかに尿意を覚えた私はようやくソファから離れてトイレに入った。すると外でカタカタと何か動く音がする。トイレの窓は外から見られることがないよう格子の入ったすりガラスなのだが、トイレの隣のちょうど玄関の前に黒い物体が二つ並んでいるのがかろうじて確認できた。烏、にしてはずいぶん大きい。

不審に思った私はトイレから玄関に回ってドアを開けた。すると顔じゅうにピアスを埋め込んだ無表情の若者と、両目が充血して頬に大きな傷のある三十歳くらいの男が並んで立っていた。二人とも黒スーツにノーネクタイというスタイルで前ボタンを外したシャツの中から海賊のシンボルマークによく似た髑髏《どくろ》の刺青《いれずみ》がこちらを睨んでいた。

「クスリ、モッテキタ。一ツ二マンエン、二ツマデ三マンエン、ドッチスル？」

年かさの方が聞き覚えのあるたどたどしい日本語でそう言いながら、氷砂糖の欠片《かけら》のようなものが入った透明のビニール袋を私の目の前にかざした。その向こうで血走った眼がぎょろりと動いた。私は反射的にドアを閉めるとチェーンロックをかけた。外からはドアをガンガンと叩く音。妻が寝室から起き出してきた。

「どうしたの？」

「ドアの外にヘンな薬売りがいる」

「薬売り？」

「二人組の外国人！」

マンションの下で車が急発進する音がして静寂が、戻った。

通報で駆けつけた警官の話では、その当時非合法ドラッグを扱うアジア人グループの間で、囮《おとり》捜査官が紛れている可能性のある街中で無作為に声をかけるリスクを避けるために、いったん電話を入れて相手に買う意思があるかどうか確認した後、明け方にあらためて訪問して売りつけるという手口が流行っていた。インターネット販売が一般化する少し前の頃である。トラブルになって刺されたケースもあるそうだ。

「昨夜薬を買わないかといったような電話はありませんでしたか？」

警官は私に対してなんとなく疑わしい目つきで訊問をした。もちろん私はそんなものはなかったととぼけた。

それから一年ほど後に現在の住まいに引っ越したわけだが、今でも私は毎朝鍵のかかった状態で玄関ドアの外をよく確認してから朝刊をとりにいくという習慣が身についたままである。

　ところで、ごく最近になって卒業した小学校から同窓生の近況を知らせる名簿が届いたのだが、K君は現在も健在で静岡県の運送会社に勤務しており小学生の娘さんがいるそうだ。

# 電話のベル

垣内秀夫《かきうちひでお》
（大阪府・58歳）

奇妙な電話が頻繁に掛かって来るようになったのは、僕が縁日の夜店でキリギリスを買って来た日からでした。

縁側に置かれた竹籠の中のキリギリスは、きゅうりに停まったまま食う気配も見せず、黄昏時《たそがれどき》になっても羽根を震わせ鳴き続けていました。

どこの家庭にもある団欒《だんらん》のひと時が、理髪店を営む斉藤家では、月曜日にだけ訪れる家族四人揃っての夕食時でした。

「エエ声で鳴くキリギリスやなあ」ビールを片手に父は上機嫌でした。

「なあ、お父ちゃん、変な電話、なんとかならんねやろか。何も言わへんのよ。あううう、あううって、もう一週間になるわ。気持ちが悪くって。ただの悪戯《いたずら》電話やと思うけど」と母が言いました。

「その電話やったら、私も聞いたわよ。何度も掛かってきて、本当に薄気味が悪かったわ」と、すかさず姉が応じました。

「ハッハハ、そらあ、ただの悪戯やで、お前たちの電話の声が綺麗やから、それで何度もかけてくるんやろ。声に惚れてるんや、一遍《いっぺん》コラ！　とか言って脅《おど》かしてやれ。そのうちに掛かって来んようになる」父はよくある変態まがいの悪戯だと決め込んでいるようでしたが、母の鬱陶しい電話の話に、顔をしかめていました。

「姉ちゃんのパンティーも盗まれたままやしなあ」と僕は冷やかし半分で言いました。

「あんなもの、もういらんけど、ほんまに気味悪いわ」と母と姉は顔を強《こわ》ばらせ声を揃えました。

「今度そんな奴が来たら、俺が取っ捕まえてギャフンと言わしたるさかいに」僕は意気込んで言いましたが、パンティー泥棒は余所《よそ》へ移ったらしく、被害はそれきり起きませんでした。

そしてある日、ついに僕がその悪戯電話を取るはめになってしまったのです。

受話器の向こうから「あううう、あうう」と唸《うな》る声が聞こえて来ます。

エクスタシーの声？　首を締め付けられている声？　のようにも聞き取れる。一人で部屋にいると心細く背中に悪寒《おかん》が走りました。

僕は「変態！　いい加減にせんと警察呼んで、逆探知するぞ」と凄んでみました。

それでも「あううう」の声は止《や》みません。僕の方が根負けして電話を切りました。電話は執拗で、受話器を上げては「阿呆！　いい加減にせえ！」の罵詈《ばり》を繰り返しました。

嫌らしくて執拗で、怒りが煮えくりかえるように湧いてきました。

「もしもし警察ですか、今、悪戯電話で困っているのですが、何とかなりませんか」

「はあ、悪戯電話ですか？　被害は？」

「被害って特にないのですけど、毎晩のようにうるさくて。困っているのです。相手を調べてもらえませんか？」

「実際に被害が無いと、捜査はできませんなあ。逆探知もできませんよ」

「心的な被害を受けているのです」押し問答をしましたが、警察は取り合ってくれませんでした。冷たい警察の応対に失望と不信感が募り、また怒りが湧いてきました。

叩きつけるように受話器を置きました。

すぐに「あううう」の電話が掛かってきました。

　応答もせず受話器を叩きつけました。僕は、何とかして、この電話の相手を捕まえて、一矢《いっし》報いなければ気が済まないようになっていました。

　その夜は、「あううう」と言う声の響きが耳に取りつき、頭から布団を被っても、なかなか寝つけませんでした。僕がこんな風でしたから、母も姉も相当参っていたはずです。翌日は、家族の集まる月曜日でした。

「昨日、またあの電話が掛かってきよった。それで、警察に電話したけど、取り合ってくれへんのや。実際の被害が無いから、どないも出来へん、の一点張りやった」と僕は皆に言いました。

「実際の被害が無いと、確かに警察は何もできんやろう。盗まれるとか、怪我をしたとか暴力事件にならないと、警察は動かんようやのう」と父が言うと、

「そんなバカな！　暴力受けてからでは遅いやないの」母は震えながら言いました。

「ああ、パンツ泥棒の事、言うの忘れてしもうた」

もう就寝の時間が過ぎていました。姉は一人で寝るのは怖いから、もう少し皆と一緒にいたいと言います。仕方なく、僕も付き合う事にしましたが、結局皆で一緒に寝る事になりました。

四人で寝ながら姉が「もしかしたら、相手の男は、うちとこの実情を知っているのかも知れないわ」とドキッとするような事を言いました。

「え！　うちを知っている？　ほな近所の奴か、誰やろな。なんか恨みでもあるんかな」と父は起き上がって言いました。

仕事がら剃刀で頬を切ってしまったとか、髪を短く切り過ぎてしまった、というような事はままあるものの、恨みを買うまでにはなりません。

皆、夜も更けるのも忘れてしまいました。しばらく黙り込んでいた姉が、ぼそっと話しだしました。

「この前、ふと思ったのやけど、もしかしたらって思う人がいるにはいる」と姉が煮え切らないように言いました。

「心当たりでもあるんか」

「でも違うと思うわ。あの人がそんな事するわけ無いもの」

「だから、それ、誰や」と父は声を荒らげました。

「山口病院の院長先生、声が似ているだけやけど」

「阿呆、あの先生がそんな事する訳あるかいな」父は断固として否定しました。

その時、電話のベルが不気味に響きました。四人とも凍りつきました。

誰も電話を取ろうとしません。僕は意を決して受話器を取りました。

「もしもし、斉藤理容ですが……」

受話器の向こうから「あううう、あううう、あううう……」という唸り声が不気味に響いてきました。

山口先生は、父の恩人でした。父は第二次世界大戦で徴兵を受け、満州に出征していました。最前線にいた父は、敵の弾丸を脚に受けて重度の傷を負いました。治療をしてくれたのが従軍医の山口先生だったのです。

「これは秘密や、絶対に誰にも言うな。戦争はもうじき負ける。お前の負傷が完治するにはあと一カ月は要する。怪我したままでは逃げ切れんやろ。捕虜になってみじめに死ぬ事になる。怪我を理由に本国に帰れるようにしてやるから。ええなあ、誰にも言うなよ」

と言って終戦を待たずに帰還させてくれたのです。

間一髪のまさに怪我の功名でした。郷里が父と同じ堺という事もあったのでしょう。何かと父は優遇を受けたそうです。終戦後も、付き合いが続き、開店祝いの花輪も飾ってくれて、一番の客は山口先生だったそうです。

僕も姉も、子供時代から、店が忙しい時には床を掃いたり、熱いおしぼりを運んだりと店の手伝いをしていました。先生は「ぼん、偉い、えらい」と、よく褒《ほ》めてくれたのを覚えています。相撲の相手もしてくれた事もありました。何度ぶつかっても、はじかれてしまう弾力のある大きなお腹《なか》は忘れません。

来られるときは、いつも黒塗りの車でした。運転手がさっと飛び降りてきて、先生の側のドアを開けます。右に杖を持ち、心持ち程度に杖を掲げ「ちょっと頼むわ」といって、髭を蓄えた顔をほころばせるのでした。父と先生の会話は僕には分かりませんでしたが、戦争の時の話、帰還してからの病院のやりくりなど、苦労話が多かったようです。

姉が店を手伝うようになってからも、ずっと散髪に来てくれていましたから、可愛がられて、先生の声色はよくわかっていたのかもしれません。

「聞いてみて」と僕は姉に受話器を手渡しました。そして、父、母へと渡りました。先生に間違いないようです。

そして母は受話器に叫ぶように言いました。

「先生ですか？　先生ですか？」

「あううう、あううう」声のトーンがひときわ大きくなったようです。

「先生、どないしはったんですか？　大丈夫ですか……」電話はガチャリと向こうから切れてしまいました。もう真夜中でした。

しばらく茫然自失でした。先生はこの半年ほど店には来ていませんでした。

「なんかあったんかなあ。病気かもしれんなあ」と父がつぶやきました。

「大病院の先生いうても、一線を退いてからは、代わって電話してくれる人もおらんのかもしれんなあ」と母が心配そうな顔をして言いました。

「きっと寂しいんやと思うわ」姉が言いました。

次の日曜日、僕は自転車に乗り、山口病院へ行きました。

日曜日のせいか外来診療もなく、シーンと静まりかえっていました。受付カウンターの奥にいる女性の看護師さんを見つけて、一部始終を話しました。

はじめは怪訝な顔をしていた看護師さんも、事情が分かったのか、悲しそうな顔をして言いました。

「先生は五日前に亡くなられました。死因は脳梗塞《のうこうそく》です。程度は軽いものだったのですが安静を嫌い、病院内をあちこち歩いたり、電話をしたりして家人や付き添いの人を困らせていました。日ごろの先生は厳しく、誰も近づく者はいませんでした。叱られるばかりですからね。そのせいか親身になって話し合える人もおらず、孤独な毎日を過ごしていました。寂しそうなお顔は見ていてもお気の毒でした。梗塞が再発してからは、死を覚悟したようでした。言語の障害があるにもかかわらず、あちこちに電話をかけておられるみたいでした。その電話は、きっと先生だと私も思います」

懐かしい人や恩義のある人に「ありがとう」の電話をしていたようでした。

「あううう」は「ありがとう」だったのです。

先生は、何度もそれが言いたくて、電話を寄越して来たのでした。

返した罵詈雑言の数々が恥ずかしく、僕は心の底から悔いました。

父も母もそして姉も、その無念が悲しく、ただ涙を流すばかりでした。

「ありがとう」と礼を言わなければならなかったのは、我々の方だったのですから。

日数を計算すると、最後に切れた電話が臨終が近づいた時だったのかもしれません。

思い出したように、縁側でキリギリスが鳴きだしました。

一瞬また電話がなったのかと錯覚を起こす始末でした。
あんなに毛嫌いした「あううう」の電話が、今は恋しく思えるのでした。

# 地下室の住人

須山恵美《すやまめぐみ》
（神奈川県・16歳）

フェリーが進む。少し冷たい波風が吹いている。私は後方のデッキに立ち日本の方向、そして先《さつき》までいたシアトルを眺めていた。

私は今、カナダへ向かっているのだ。

私達の高校では二年生の四月に北米研修旅行をする。二週間、ホームステイをし、現地の学校へ通う。もちろん会話はすべて英語だ。それだけでも十分、私にとって不思議な体験なのだが、さらにこの後、不思議で奇妙な体験をするのだった。

長旅を終え、ようやく目的地であるカナダのヴィクトリアへ着いた。

「ホストの人どんなかなぁ……？」

「あそこに一杯いる中の一人だよねー」

私達は緊張していた。というのもこれからホストファミリーと対面するのだ。次々と名前が呼ばれ、握手やハグをしている。どうやらドキドキしているのは私だけではなさそうだった。みんなの強張った口元や浮いている目線が物語っている。そしていよいよ私の番だ。

〝Hello!〟

〝Hello. Nice to meet you.〟

ホストの人は和《にこ》やかな表情で答えてくれた。その後、車でホスト宅へ向かった。車内では私、そして私と一緒にステイする友達のために日本語のレッスンだと思われるテープが流れていた。

「こんにちは。このホテルはシャワーですか。バスつきですか」

このテープの会話でさすがに緊張もほぐれた。むしろ面白かった。ホストマザーが気を使ってくれたようだ。私達の習っている英語のレッスンも、英語圏の人に同じように思われているのかもしれない。

「キーッ」

車が止まった。住宅街の中にホスト宅はあった。小さな斜面の下に建っていて、庭や車庫がついている白い家だった。中に入って家族と部屋の紹介が始まった。

私達のホストファミリーは二人で、一人は対面式で会ったホストマザーだ。ちょうど、私達のお婆ちゃんより少し若いくらい。もう一人は大学生の女の子でここに下宿をしているようだ。家の中はやっぱり広いなぁ……と思わず自分の家と比較してしまった。一階と中二階、地下に洗濯ルーム（もう少し後に教えてもらったのだが）があった。私達の部屋は中二階にあった。階段を上がる途中、沢山の写真が貼られていた。ホストマザーの子どもや孫が写っていた。私達は部屋へ入り眠たい目を擦りながら〝Good night.〟と言い、ようやく一日目が終わった。私はベッドに鉛のように重く疲れた体を沈めた。

次の日、私達はダウンタウンへ出掛けた。それまで外国へ来た実感がなかった私の心が何とも言えない感覚に襲われた。ライトアップされた道、通り過ぎてゆく人々、聞こえてくる会話、全てが私の五感をカナダの色に染めた。途中、ストリートミュージックで木琴やマリンバを演奏していた。聞いている間、全身に鳥肌が立ったのを今でも覚えている。来てよかった、と思えた。私は喜び一杯で帰ってきた。その時、家に入る前に下に窓があることに気がついた。まっ暗で何も見えなかったが、どうやら地下室のようだった。

「ここって私達の部屋の下かぁ……」

不思議に思い始めたのはその次の日のあたりからだった。ホストマザーと夕方買い出しに行った帰りに、あの地下室の電気がついていたのだ。それは一日だけではなかった。気になって覗いてみても見えるのは机やパソコンだけだった。

私は少し気味が悪くなり、友達に話そうと思った。夜、お風呂上がりで濡れた髪をガーッと拭きながら軽い調子で私は話を切り出した。

「あのさー。ここって洗濯ルームのほかにも地下室あんだねー」

「今日も電気ついてたよね」

友達の意外な答えに驚いた。

「気づいてた？」

「うん。よく電気ついてたから。家に誰もいない時もついていたじゃん」

「……だよね。あそこ何なんだろう？」

「じゃあ、さりげなく聞いてみよっか？」

「そうだね」

その日はそれで終わった。どうやら友達も私と同じことを思っていたようだ。聞いたら答えてくれるのだろうか……？　半信半疑なまま眠りに就いた。

次の日の夜が来た。この日も買い出しをしていた。広い店をうろうろしていると、日本製の商品や日本でも作られているチョコレートや紅茶が置いてあった。私は見るたびに懐かしい気持ちになった。そして家へと帰ってきた。見るとやはり電気はついていた。

「電気ついてるよ？」

友達が聞いた。

「……そうね」

ホストマザーの返事はそれだけだった。

最終日まで残り三日ほどになった。私達は学校帰りでバスに揺られていた。乗客を見ると一つの国にも数多くの人種の人々がいることに気づかされる。みんな英語を使って意思の疎通をしているのが不思議だった。

「あのさー。こないだウチが聞いたのに反応なかったね」

「だね……」

私はあることを言うか迷っていた。家に着き中に入ると、家には私達二人だけだった。部屋でバスケットのスナックを摘《つま》みながら私は口を開いた。

「実はあれから私、窓に人影見たんだ」

「あの地下室の？」

「そう。覗いたら男の人？　が見えたんだ。目合っちゃったし……。でもさー、ホストマザーの写真に写ってない人だったんだ……」

「それ、ウチも見たかも……？　でも見間違いとか……？」

「分からない……」

私達は口を閉ざしてしまった。よく考えるともう一つ地下室があることや、そこへの行き方も何も聞かされていなかった。まるでホストマザーは触れないようにしているみたいだった。その時、

「何か聞こえない？」

友達が不意に言った。私はその一言で耳を澄ました。

〝カタカタ……カタカタ……〟

確かに聞こえる。この家には今、私達しかいないのに……？

「この音って……地下室？　この部屋の下だよね？」

「そうかも……。でもウチの空耳かもしれない……」

私達は顔を引き攣《つ》らせながら笑っていた。

その後は平穏な日々を過ごし、ついに帰国の日がやってきた。スーツケースを片手に沢山の言葉を交し、私達はホストファミリーと別れた。〝ありがとう〟と何回言ったのかは覚えていない。地下室のことは聞かなかった。

帰国後、私はあの日々を思い返していた。北米研修旅行……一言では言い尽くせない数多くの思い出が残っていた。毎日楽しかったことばかりではない。でも現地の人々の温かさや文化に触れたこと。そして沢山の不思議で奇妙な体験はきっと私の思い出の一ページに刻まれただろう。あの地下室の出来事も……。

その後、私達はホストマザーと手紙の交換を続けている。その手紙の一つにこう書かれていた。

「海の近くの家へ引っ越しました」

あの地下室の住人はどこにいるのだろう……。

# オチマ人形、七十年の怪

志川《しかわ》久《ひさし》
（大阪府・53歳）

これからお話しする不思議なできごとは、決してつくり話などではございません。

わたくしが田舎へ戻ってまいったのは十五年ぶり。車で八時間余、家内と二人で着きました。実家には二十七歳のときに訳あって、疎遠《そえん》になって以来です。帰郷の理由、それは父と母が他界したからでございます。

ちょうどジンチョウゲが強く香る頃。少年時代に木登りをしたクスノキ、秋には実が鈴なりのカキの木、すべてがセピア色になりかけていた記憶どおり。その一つ一つをながめる度になつかしさがこみ上げてきたものです。

実家の造り酒屋はとっくに清算され、白壁が夕日に美しかった酒蔵は過日の大震災で見るも無残な姿。その荒れ果てようは、十五年の歳月が決して短くないことを雄弁に語っております。ただ野良猫が住みつき、腹をすかせた子猫がニャーニャーもの悲しげに鳴いている様子は、昔日のままでございました。

東京から志川家のぼんが帰ってきたとの噂は、小さな町ではすぐに伝わります。その夜には、さっそく古老や町会役員たちが大勢で訪ねてこられました。亡父の小学校時代の友人、旧制中学の同窓生の方々でございます。私たちは東京モンと珍しがられ、夜更けまで昔話に花が咲きました。その中でひとつだけ気になる話が古老から出たのでございます。亡父は長男ではない、実は次男で、その前に生まれた本当の長男がいたのだと。

古老によると、なんでも本当の長男が生まれたときには爺様《じいさま》がたいそう喜んだのですが、不幸にも初節句さえ迎えられず、はやり病にやられたとか。婆様《ばあさま》はそれはそれは悲しみにくれた様子で、その悲しみようは尋常ではなかったとのこと。それを見かねた大婆様があわれみ、亡くなった長男そっくりの人形をわざわざあつらえさせたそうでございます。その後しばらくして亡父が生まれ、長男として育てられたのですが、やはり亡父は長男ではなかったようでございます。

帰郷してしばらく、亡父と亡母の遺品の片付けも佳境に入ったある日のこと、突然「ギャーッ」という叫び声があがるではありませんか。それは土蔵で父祖伝来の品々を整理していた家内でした。すわ何事か、落ち着いてはおれません。

急ぎ、うす暗い土蔵にかけ込みました。わたくしも思わずアッと声をあげたほどです。へたり込んだ家内、その横の古い木箱から、人のものとおぼしき白い手首、それが天窓からのうす明かりの中で、ぼんやり見え隠れしているではありませんか。恐る恐るふたをずらし、今度は二人で驚きました。

それは一歳くらいの乳児の古い人形でございました。今にも動き出しそうなそれは、ロウのように白い肌、木綿の袴姿、髪はキチッととかし付けられ、さっき髪結《かみゆい》から帰ったばかりの様子。それはまさに古老から聞いた亡父の兄に当たる、本当の長男の人形だったのでございます。そのことを確信したのは人形がヤセ型の長身で、ハニカミ笑いの表情、そしてカギ鼻だったからです。つまり亡父と生き写しで、そして実はわたくし自身と酷似していたのです。

そう申せば亡母から「土蔵にはオチマさんがいる」と伝え聞いた記憶があります。それが古老の言う本当の長男だったとは……。

オチマという呼び名の由来は定かではありません。たぶんチマチマした稚児という意味の幼児語か、オチビちゃんの意か何かだったのでしょう。そのオチマさんの人形、つまりわたくしの伯父様が、七十年ぶりに現れたのでございました。

＊

家内が身ごもったのはそれからすぐのことでした。わたくしどもにとって第一子の誕生でございます。大事をとり、初産は家内の実家近くの有名病院に託すことに致しました。

出産当日のことを今でもわたくしは鮮明におぼえております。無事誕生の朗報を受け、仕事もそこそこに切り上げ、病院に到着。いつにも増して饒舌《じょうぜつ》で、どことなく誇らしげな家内の案内で乳児室に入ったのは晩方でした。幸せいっぱいの二人がのぞき込むように見たわが長子は、妙に手足が長く長身でヤセ型、カギ鼻でロウのように透き通った白い肌、おまけに髪の生えぎわや、ホッペのふくらみ具合、ちょっとなで肩気味なところ。わたくしは「ギャーッ」と叫びそうになるのを、既《すんで》のところでこらえました。そう、あのオチマ人形と瓜二つだったのでございます。

病院から帰宅後も、その驚きは続きました。ちょっと照れ屋さんで、ハニカンだような笑顔、ますます似てくるではありませんか。このままでは愚息はオチマ人形と同じになる、いや、いずれ、のり移られるのではないだろうか。人形のように木箱の中に長い間閉じ込められるような運命に陥るのではないだろうか。などと次々不安がつのってまいります。幸せな時だけに、せっぱ詰まった気持ちによけい拍車がかかります。これは是が非でも、人形の方を何とかしないといけないと思いつめるようになったのでございます。

しかし、やはり人形は伯父様の身代わりです。粗大ゴミとして捨てるわけにはまいりません。家内と相談のうえ、思い切ってオチマ人形を近所のお寺さんに供養《くよう》に出すことにしました。親子三人で本堂まで上がり、読経の後に人形供養をしていただきました。そのときに無事一歳をむかえた愚息が、何か感じたのか、オチマ人形に興味深げな視線を送っていたことが妙に気になったのでございます。

供養のおかげか、愚息はすくすくと育ち、無事に地元の小学校へ入学する年齢になりました。そのときのことです。役場から奇妙な問い合わせがあったのでございます。

それは何でも、小学校入学対象者を戸籍簿から検索したときに、同姓同名の人物が同一住所に二人登録されているのだとか。不思議なことがあるものです。愚息と同じ名前の人物がもう一人、この家で暮らしているというのです。そんなバカなはずがありません。この住所には間違いなく親子三人しか住んでいないのですから。一向に要領をえない説明に、一度役場へ足を運ぶことになりました。

＊

そこで見せられた謄本《とうほん》に記載されていた名前こそ「久志」、それは愚息とまさに同名の大正生まれの人物、つまりオチマ人形の主なのでした。しかし夭逝《ようせい》しており、当然に謄本は除籍扱いになっているはずの人物。でもその久志翁は戸籍上では生きていることになっているのだそうでございます。

それにしても不思議です。愚息を久志と命名したのは家内とわたくしです。もちろん二人とも、オチマ人形が久志翁と知っていて同名を名づけたのでは決してありません。また久志翁の死亡届はどうなったのでしょうか。大正時代のこととはいえ、不思議なことばかりでございます。

こうなれば先ほどの古老に尋ねるほかありません。古老の話にわたくしたちは思わず引き込まれてしまいました。

「あまりに嘆き悲しんだ婆様の様子を案じた大婆様が、オチマ人形を本当の赤子としてしばらく扱い、死亡届を控えたのじゃ。また婆様も気持ちの整理がつかぬままに、与えられたオチマ人形をまるでわが子のようにかわいがったのじゃよ。乳を飲ませ、湯につからせ、着替えをさせ、添い寝とだっこを繰り返し、そしてこのような婆様の気持ちを一身に受けている内に、オチマ人形は短い間であったとしても人魂を得たのかもしれんなぁ」

だからなのでしょう。最初に家内が土蔵で見つけたときに、肌が透き通り、この世のものとは見えなかったのは、奥深く暗い土蔵の中に閉じ込められていたオチマ人形が、抱き上げた家内を婆様と見間違え、婆様と暮らしていた頃の意識を一瞬でも取り戻したからに違いございません。それにしてもどうして同じ名を愚息につけたのか。それだけは、どうしても偶然とは思えません。

この疑問が頭を離れず、わたくしは再び一人で土蔵に入ってみました。重い扉を閉じると、そこは音もなく空気がよどんだ別世界のようです。小さい頃、亡母にしかられては、よくここに閉じ込められたものです。亡母と亡父の想い出がよみがえってまいります。そして時がたつのも忘れて、その想い出に浸っている間のことでございました。土蔵の中にも夕暮れ時がおとずれ、迫りくる暗闇のなかで天井と床の境目が曖昧《あいまい》になり、昼と夜、光と闇が交錯した瞬間、耳にしたのは確かに亡母と亡父の声だったように思えてなりません。この土蔵の中で亡き両親だけでなく、やはり久志翁もさまよっていたのではないでしょうか。だとすると愚息こそ久志翁のよみがえりなのではないでしょうか。

わたくしは、人生でこの久志翁にかかわったことは三度目でございます。この先、愚息の久志とオチマ人形の久志翁の因縁はどこまで続くのか想像すらできません。そしてその因縁が続く限り、この奇妙な体験記を書き続けようと存じております。

# ひとりかくれんぼ

日高《ひだか》 伶《れい》
(石川県・18歳)

もう、去年の夏のこと。

その年、俺はさっぱりついてなくて、夏休み直前の七月はもう最悪。何かとタイミングの悪さや誤解が重なって、彼女や友達とすっかり疎遠になったまま、夏休みを迎えてしまった。相手をしてくれる人のいない夏休みほどどうしようもないモノもない。結局、借りてきたビデオを見たり、インターネットをして時間を潰《つぶ》していた。

そんな時、インターネットのオカルト記事に「ひとりかくれんぼ」という内容を見つけた。真夜中に人形とかくれんぼの儀式をして、「実行中にはさまざまな霊的な現象が起こる」という触れ込みだ。実際に奇妙なことが起こったという体験談も多かった。

怖いことが苦手で霊感もろくすっぽないのに、俺はすぐに実行する決心をした。退屈過ぎて自暴自棄になっていたのかも知れない。

明るいうちに必要な材料を買い揃えて、最も儀式の効果が強まるといわれている午前三時、家族が眠る頃に向けて準備を始めた。

手と足があるぬいぐるみを準備する。納戸に置いてあった、可愛らしいリスのぬいぐるみを使うことにした。

初めにぬいぐるみの綿をすべて抜いて、代わりに米を詰める。同時に自分の爪も入れる。背中に空いた穴を赤い糸で縫いつけ、そのままぬいぐるみに巻きつけ、くくる。

風呂に新しくお湯を張り、隠れる場所（その時は自分の部屋の布団横）に塩水を用意しておく。あと儀式で重要な役割を持つ包丁も、台所からくすねてきていた。

人形に名前をつける必要がある。特に意味もなく「ジュン」にした。


そして午前三時になった。

真っ暗にした部屋で、意識的に独り言を言う恥ずかしさを感じながら、人形に向かって「最初は俺が鬼だから」と三回唱えた。風呂場に行って、人形を水の中に沈める。

二階にある自分の部屋に戻る。家中真っ暗で、唯一テレビだけつけるのが、この儀式の決まりだ。ビビリなので、明るい雰囲気の通販番組を選んだ。

目を瞑《つむ》り、十秒しっかり数える。

そして準備しておいた包丁を持って、風呂場へ向かう。窓から差し込んでくる白々しい街灯だけが頼りで、だけど窓に面していない所は本当に暗闇しかない。

何か怖いものを見てしまわないように、でも家族を起こさないように、滑るように走った。

そして風呂場にいるぬいぐるみに「ジュン見つけた」と言って、包丁で刺す。

水中を米粒がわらわらとあふれ出てくるのが怖くて、「次はジュンが鬼だから」と早口で言って包丁を置き、二階の自分の部屋に逃げていった。

（ここまでは順調だ。何一つ失敗してない……）

隠れ場所である布団の中でまるまりながら、そう言い聞かせた。

正直もう完全に後悔していた。怪奇現象の起きるとされているのは、この隠れ始めてからだ。でももう怖さの許容量はいっぱいいっぱいどころか、とっくに溢れてしまっていた。

……それでも布団の中という暖かくて閉鎖的な空間は、否応なしに安心する場所だ。

思わず少しだけ眠くなったりする。

（あぁ、このまま寝ちゃったりしたらマズイなぁ）

なんて少し出てきた余裕を叩き潰すかのように——プツッ、とテレビのチャンネルの変わる音がした。身がびくっと強張り、肌が一瞬で粟立った。

テレビは砂嵐のような音をザーザーと立てていた。でも音量が大きくなったり小さくなったりを二、三回繰り返して、ブツッと消えた。

部屋は一気に完全な無音になって、ドン！　と窓ガラスが叩かれた。鳥か何かがぶつかった音かも知れないと思ったが、何度も続くうちに何かが偶然当たっているわけじゃないのは明らかだ。

それもしばらくすると終わった。腕時計のライトボタンを押すと、三時二十分。まだ二十分しか経過していなかった。本当は一時間ほど様子を見るつもりだったが、もう我慢できそうにない。

塩水をこっそりと取ろうとして——思わず手が止まった。

囁く声が聞こえた。布団越しに物凄く近くで。そして階段をタタタタッと駆け上る、子供らしき足音が聞こえた。

もうすっかり鳥肌と恐怖に包まれていた。

塩水を取るために布団から手を出したら、囁く声の主に見つかってしまうかも知れない。それができても風呂場に行くまでに、階段を駆け上る何かに見つかるかも知れない。

動けず縮こまっていると段々と音は小さくなり、そして止んだ。

恐々と、そろそろと手探りで塩水を手繰り寄せ、半分口に含んだ。この塩水は何があっても吐き出したり飲み込んだりしてはいけない。

そして物音を立てないように、しかし考えられる限りの速さで部屋から出た。

扉を開けても、誰もいない。

階段にも、誰もいない。

ホッとして階段を下りていると、窓から差し込む街灯の光が、スッと何かに遮られた気がした。でももちろんそっちを見たりしない。

でももうすぐ風呂場という時、暗闇に何か黒くて大きな塊がいたような気がして……聞こえた。羽虫が耳元を掠めるように囁きが聞こえた。

耳の産毛を吐息が逆撫《さかな》でるほどの距離で。思わず塩水を少し飲み込んで、むせそうになりながら、後は走った。

ぬいぐるみをすくいだし、コップと口の中の塩水を吹きかける。「俺の勝ち」と三回唱える。

……これで儀式はお仕舞い……包丁がない！

怖さが胸の中で爆発した。家を飛び出した。すべての影におぞましいモノが潜んでいそうな気がした。がむしゃらに走ってコンビニに行き、ライターを買ってぬいぐるみを燃やそうとした。

でもぬいぐるみはびっしょりと濡れていて、全然燃えない。

パニックのままぬいぐるみをコンビニのゴミ箱に捨てた。本当は自分で燃やさなくてはならなかったのに。

次の日の朝。

それに気づいた時にはもうゴミ箱は空っぽになっていた。

そうしてしばらくは怯えて過ごしていたけど、塩水の清めが上手くいったのか、幽霊が出てくるようなことはなかった。ただあれから調べて分かったのだが、あれは自分を自分で呪うような儀式らしく、また幽霊を集めることに特化した儀式のようだった。

とにかく、好奇心でやっていいような遊びじゃないことは確かだ。

でも儀式さえあれば、どこでも幽霊が出てくるというのは、あまり信じたくない。

そういえば幽霊こそ出てこないが、二つほどおかしなことがあった。

何故か湯船に、歯が落ちていたこと。

そしてあの時なくなった包丁は、まだ見つかっていないこと。

# 佳作

# 少女

ほんまえみり
（神奈川県・67歳）

主人は工務店の親方ですから口調は荒く、職人たちをどなりつけておりますが、本当は心が暖かくやさしい人だということを、妻の私がいちばん良く知っています。

趣味は骨董集めで、目についたものを買わずにはいられないのです。「オレには見る目がある」などと自慢していますが、私は内心、玉石混淆《ぎょくせきこんこう》だと思っています。つぼや掛け軸が家の中にゴロゴロしています。

私たち夫婦には子どもがありません。

三十年前に、生まれたばかりの娘を事故で失い、そのショックから私は寝たり起きたりの生活をするようになりました。

気丈な姑《しゅうとめ》がテキパキと家事をこなし、きびしい言葉をあびせられることもありましたが、主人は口にこそださないものの、さりげなく私をかばってくれていることがわかりました。

ある日鼻息も荒く帰って来た主人は、トラックの荷台から材木のかたまりのようなものを下ろしました。骨董店の隅でほこりまみれになっており、主人と目があったのだそうです。

よく見ると等身大で、木彫りの少女の裸像のようでした。

主人はそれを玄関に置きました。

築百年以上たつ家は、玄関がなぜかうす暗く、人の出入りが激しいため鍵はかけないのも同然でした。

明るい外から玄関に入ると、目の前に黒い人かげが立っているのですから一瞬ギョッとしたものです。他の人も同じようでした。

掃除のたびにじゃまだなあと思いながらも、主人が大切にしているものですから、私はていねいにほこりを払いました。

少女は十五、六歳のようでした。

長い髪を三つ編みにして、やわらかくほほえんでいました。木彫りの像にはぬくもりがあり、大人になる前の清純さがあふれていました。じっとみつめていると、ついやさしい気持ちになるのです。

他の人も同じ気持ちになるらしく、作業服の荒くれ男が、よっ、などと声をかけながら、なんともいえないやさしい手つきでさわっていくのです。白っぽくカサカサだった少女は、ツヤツヤになっていきました。

底冷えのする寒い晩、ふと思い立って玄関の鍵をかけようと行ってみたら、少女はフカフカの毛布にくるまれていました。かわいらしい花柄のバラ色の毛布です。
「あの子が寒そうだったからね」と姑がいいました。それで姑も少女をかわいがっていることがわかりました。

八十八歳の姑は脚を骨折し、こわがって歩くのをいやがるようになりました。もともとわがままな人ですから、リハビリも思うようにいかず、とうとう寝たきりになってしまいました。認知症もでてきたようです。

主人は姑のために離れを建てました。ガサガサした暗い母屋ではゆっくりと静養することができないからというのです。年老いた母を大切にする主人のこんなところが好きです。

母屋との間をひのきの廊下でつなぎました。

サンサンと陽のさす明るい部屋の白いベッドの上で、嫁いびりをしたことなどすっかり忘れた姑は、お姫様のようなピンクのガウンを着てニコニコ笑っていました。

まるで幼女のようでした。

私はみちがえるように元気になり、心をこめて姑の介護をしました。訪問に来る看護師が感心したくらいです（自慢めいてすみません）。認知症になった姑は、ほんとうにかわいいのです。少女に毛布をかけるのは私の役目になりました。

やせて小さくなった姑を抱いてお風呂に入れ、髪を洗って乳液をぬりました。色白の姑のほおはツヤツヤとピンク色に輝きました。

「おやすみなさい。あの子にはちゃんと毛布をかけておきましたからね」

そう言うと安心するようなのです。

真夜中にコッコッコッと音がしました。

コッコッコッ……

古い家は何かと音がするものですから気にもとめずに眠りました。

あくる朝行ってみたら姑の上に毛布がかかっていました。少女をくるんでおいた、あのバラ色の毛布です。

「あの子がかけに来てくれたんだよ」

と姑がいいました。あわてて玄関に行ってみたら少女は裸のままで立っていました。

ゆうべは寒かったから、酔っぱらった主人が母親にかけてやったのでしょう。

ふっとほおがゆるみました。

けれども……

まっ白なひのきの廊下に、ほっそりとした裸足の足あとがペタペタと浮き上がっているのはどうしたことか……。

ある日家の前にタクシーが止まり、品の良い老夫婦が降りてきました。けげんな思いで玄関に迎えました。

少女を見るなり、おお！　ここにいたのか、とさけび、いとしくていとしくてたまらないというようになんどもなんども少女の体をなでさすりました。

作品は美術館に飾られ、国宝にも指定されているのに、表面にでないことで有名な木彫作家が少女の作者なのでした。

出来上がった作品はおしげもなく手放し、手元にはなにも残っていないのだそうです。

展覧会の誘いを断りつづけ、九十八歳になった今、最初で最後だからと説得されて想い出すのが、どうしても会いたい、この少女像だったのです。

若くして死んだひとり娘を想いながら彫ったそうです。

「あらゆる手をつくして探しました。もう、これで思い残すことはありません」

老作家は涙を流して喜び、慈愛があふれんばかりの目で、じっと少女をみつめておりました。

さあ大変なのは、主人の鼻息がますます荒くなったことです。

「だいたい、こんな家においでになるようなおひとではないのだ。お偉ーい先生がおみえになって、直接話をしたのだ。このオレと！」

と興奮し、

「どうだ！　オレの鑑識眼の正しさは！」

と自慢しまくりました。

さらにおかしかったのは、開けっ放しだった古い家に、警備会社の赤いシールがペタペタとはられたことです。

「オレが選んだ骨董品には、もっと価値の高いものがあるに違いない」というのです。

思わず笑ってしまいました。

「すごいよ、親方。売りに出せば一千万円はかたいよ」

評判をききつけて、人々が〝少女〟を見に来ました。

「こんな寒い所に立たせておいて悪かったなあ」

主人は少女を自分の寝室にいれ、以前にも増してやさしくみがいてやるようになりました。

コツコツコツコツ

真夜中に木と木がぶつかるような足音がします。

そして朝になれば姑の上にバラ色の毛布がかかっていることを私は知っています。

まっ白いひのきの廊下にペタペタと足あとがついていることも……。

主人には言いませんでした。

「キズもののひのきを使いやがって……」

棟梁《とうりよう》を呼びつけて、どなりまくるに決まっていますから。


今日は少女を送り出す日です。

バラ色の毛布でくるんでやりました。

厳重に梱包され、ガードマンつきの車で少女は去って行きました。

「あの子にはちゃんと毛布をかけておきましたからね」と姑にいいました。

淋しがらせてはいけないと思ったのです。

少女がいなくなった玄関はガランとして、とても淋しくなりました。出入りする職人たちもなんだかがっかりしているようです。

あの老作家は返してくれといいたかったに違いない。少女をみつめる時の、あのいつくしむような目を考えれば……老い先短いあの老夫婦の気持ちを思うと……。

主人が悩んでいることがわかります。

やはり産みの親のもとに返して、老親をみおくってから帰っておいで、私たちの大切なひとり娘として……と私は思っています。

主人と私は娘に会うために東京へでかけました。

美術館の美しいガラスケースの中に彼女は晴れがましく飾られておりました。

なのに……

コツコツコツコツ

真夜中に足音がきこえます。

そして朝になると……。

# 最上川《もがみがわ》のっぺらぼう事件

工藤《くどう》　茂《しげる》
（山形県・45歳）

私は、あの暑苦しい夏の夜の出来事を忘れない。いや、忘れることができないほど、その事件は私の大脳皮質に深く刻み込まれてしまった。事件は十年前の、ある地方の病院の入院病棟で起こった……。

是川実（当時三十五歳）は、友人たちと河原でキャンプをしていた。気の置けない友人たちとのキャンプに、是川をはじめ全員が楽しく、心地よい時間を過ごしていた。そこが、あの恐ろしい事件が起きた現場とも知らずに。はじめにその河原での事件から説明しなければならない。

昭和五十三年八月、最上川の河川敷の茅藪《かややぶ》の中から、顔面をそぎ落とされた他殺体が発見された。ほどなく身元は、近くに住む高校教諭「高林裕」（四十五歳）と判明した。温厚実直な性格で、しかも最近結婚し子どもを授かったばかりでもあり、怨恨による犯行は考えにくかった。また、遺体が発見される一週間ほど前に日本列島に上陸した、大型台風により最上川が増水し、河川敷一帯が洗い流されたことにより、犯人の遺留品などもことごとく流されたと考えられ、事件は迷宮入りした。人口十万人の平和で小さな田舎町に突如起こったこの事件は、「最上川のっぺらぼう事件」として大きく取り扱われた。遺体の顔面がそぎ落とされるという残虐性と、猟奇的な犯行と被害者の人となりとのギャップが話題を呼び、各メディアが小さな港町に大挙押し寄せ、ワイドショーでは連日大きく取り上げていた。しかし遅々として進まない捜査により、人々の興味も薄れ、いつしかこの事件について口にする者はいなくなった。

キャンプでの心地よい時間は、ダッチオーブンで調理したタンドリーチキンができあがったことで、盛り上がりを見せていた。古沢武房は、仲間から「ダッチオーブンの魔術師」と呼ばれており、

「俺の頭には百以上のレシピが入っている」

と豪語するくらいダッチオーブンに精通していた。そして、その料理は正に絶品であり、うまい。

たき火を囲みながら、とりとめのない話が続いた。アルミ製の二十リットル入りの生ビールの樽も飲み干し、是川はふらつく足取りで、先ほどから川で冷やしておいた、ご自慢のカリフォルニアワインを取りに川辺に近づいた。彼はカリフォルニア州立大学に留学していたときに愛飲した、お気に入りのワイナリーのワインを毎年十グロスも個人輸入している。

「ワインはフランスばかりじゃない。カリフォルニアはもちろん、チリもいいぞ」

が彼の口癖でもある。

辺りはすでに暗く、たき火の炎だけが光源であった。

「わっ」

是川の声が遠くから響いた。しかし、いつも大げさな是川のことである。皆、さほど気に掛けることもなく、タンドリーチキンと会話を楽しんだ。

「是ちゃん遅いな」

江藤茂がつぶやいた。といっても彼は、是川を心配しているというよりは、カリフォルニアワインの到着を待っていたようだった。是川はこのような時、必ずご自慢のワインを持参して皆に振る舞うので、江藤はその味を知っていた。アメリカ産とは思えないその濃厚な赤ワインは、カベルネ・ソーヴィニオン種のフルボディで、江藤の一番好むところであり、スパイシーなタンドリーチキンの味をしっかりと受け止め、決して負けることなく、絶妙のハーモニーを醸《かも》し出すと想像された。

そのときだった。是川の血だらけの顔面が、漆黒《しっこく》の闇の中、たき火の炎に浮び上がった。

「是ちゃん何した」

皆、一斉に是川を見た。顔面にご自慢のカリフォルニアワインの瓶が突き刺さり、左手はだらんと力なく垂れ下がっている。ワインを取りに行ったとき、河原のくぼみに足を取られ転倒。護岸工事されたコンクリートの川岸に頭からつっこみ、顔面に裂傷を負った。その後立ち上がったところ、ワインの瓶を踏み二度目の転倒、その際顔面からワインの瓶に激突し、件《くだん》の顔になった、というのが大まかな状況である。

「いでー」

いつも元気な是川が気弱な声で言った。

「鎖骨いたー。顔のガラスどうする」

パニックと冷静が混在している。

「まず救急車だろ」

江藤は、河川敷の近くにある梶川工務店に電話を借りに行き、119番通報した。けたたましいサイレンが、静寂の河川敷に響いた。救急隊員は有無を言わさずに、顔面に突き刺さったガラス瓶の破片を抜き取った。

「うっ」

是川が赤く染まった顔をしかめる。古沢が病院に付きそうことになり、江藤たちはその場に残った。

救急車が走り去り、たき火の木が弾ける音だけが静寂の夜に響く。

「ワイン残念だったな」

江藤がつぶやいた。緑山尽は江藤の一言を聞き逃さなかった。

「江藤ちゃん、救急車ざたになったのにワインの方が大事みたいな……」

さすがは職業が坊さんである緑山だ。人の痛みのわかる発言ではある。

「いやいや、そんなつもりじゃ」

言い訳しても後の祭り。口は災いの元だ。

「それにしても、あの顔、ザクロみたいだったよな」

「転んだだけであんなに顔面が……」

ここまで話して、突然江藤と緑山は顔を見合わせ、そして同時に叫んだ。

「この場所って！」

入院して三日目の朝、是川は集中治療室から四人部屋の一般病棟に移された。脳挫傷と鎖骨骨折、そして顔面裂傷である。幸い術後の経過が良く、早めの一般病棟への移動であった。

同室には、自転車で転倒し肩胛骨《けんこうこつ》が割れた加藤、オートバイでウイリーの練習中に失敗して、股間をガソリンタンクに強打した中村、そして、酔っぱらって自転車で転倒し、両手首を骨折した亀田三郎の三人がいた。

「ばばあ、早くリンゴ食べさせろ」

両手をギプスで固定され、一人で食事もできない亀田が、看病に来てくれている母親に毒づいている。

「汗かいた、タオルで体拭け」

言いたい放題である。是川は、もう少し頼み方もあるだろうと、心の中でつぶやいた。そして、これから一日中亀田の罵声を聞かせられると思うと、憂鬱《ゆううつ》な気分になった。

入院病棟の静かな夜は、早く訪れる。是川は一人、怪我をした時のことを思い出そうとしていた。ワインを取りに行ったことは覚えている。しかしそこから先の記憶が全くなく、気がついたら、手術は終わっていた。隣ではさっきまで威勢の良かった亀田が、寝苦しいのかうなされている。

「ほら見ろ、バチがあたった」

是川は、小さな声でつぶやき、そしていつしか眠りについていた。

異変が起きたのは、午前二時を少し回ったあたりだった。遠くから、うごめく集団が是川に近づいてきた。そのうごめく集団は、何かしきりに訴えている。

「……レー」

「……デクレー」

「……カイデクレー」

「……オカイデクレー」

「カオカイデクレー」

「カオカイデクレー」

「顔書いてくれー」

無数ののっぺらぼうが非常灯のかすかな明かりに照らし出され、その青白くヌラリとした顔を揺らしながら、是川を囲み、しきりに訴える。

「顔書いてくれー」

「顔書いてくれー」

「うぁっ」

是川は大きく叫び、布団をかぶった。

今のは何だったのか。夢と現実の境をさまよったような不思議な感覚だった。そっと布団から顔を出してみる。ついさっきまでいたはずの、あの青白い軍団は、もうそこにはいない。びっしょり汗をかいた是川の顔が、壁に掛けられた鏡に映し出された。是川が大きくため息をついたその刹那《せつな》、

「顔かいてくれー」

またあの呻きが聞こえてきた。恐怖に震える是川。

「顔かいてくれー」

——顔面を蚊にでもさされたのだろうか、両手を使えない亀田が、夢の中で母親に頼んでいたのだ。

「痒《かゆ》いから顔かいてくれー」

# フライング

江口夏実《えぐちなつみ》
（神奈川県・24歳）

歩いていた。

野原である。

柔かい若葉色と黄土色が混じった綺麗な芝生である。東西南北見渡す限り建物も木もなく、ただ途方もない地平線が広がるばかりである。

広く静かだった。

そこに一本の真っ直ぐな道がある。幅は三~四メートル程度であり、まぁ日本の一般道路程度といったところか。そこを一人で歩いていた。空は一面真っ白で、寒くも暑くもなかった。

なぜだろう、どうやって来たのか、そもそも此処《ここ》は何処《どこ》なのか、私は何をしているのか、全く覚えがない。ただ「歩いて行かなければならないような……」というぼんやりとした意識で歩いていた。普段着だった。ただこの景色は気分の悪いものではなく、散歩気分であった。周りに山も木一本も見えないというところに妙な違和感は感じつつ。

ふと気がつくと、いつの間にか自分以外の人がポツリポツリと歩いていた。いつからいたのか、いつ追い越されたのか。前にも後ろにもポツリポツリといる。皆自分と同じ、ただひたすら前を向いて歩いていた。走る者も喋《しゃべ》る者もなく（ごく稀《まれ》に二人組で話している者もいたが）、ゆっくりと、しかし確実に前へ進んでいた。ただその足取りは、皆一様にフワフワと不安定で不確かなものであった。

やがて「ポツリポツリ」であった人の数が増えてきた。神社の祭りへ行く人の流れ程度の混雑具合というところか。少々ざわついてきた。見れば、またいつの間にか、道の真ん中から右の人の波は自分達の波とは逆に向かっていた。私達の来た方へ向かっている、というか戻っていく、と言うべきか。

考えてみると不思議である。なぜ一本しかない道で、気がつけば人が増え、混雑し、またさっぱり覚えがないのに真ん中から左右で行く方向が分かれだしたのか。私はふと、私もふくめこの人達は忽然《こつぜん》と現れ、本能で行くべき方へ歩いているのではないか、そんなことを考えていた。

やがて、初めて道の向こうに何かが見え始めた。別れ道であった。真っ直ぐな道に対しほぼ直角に右に一本、細い道がくっついていた。真っ直ぐな「大通り」的な道の方はまだまだとにかく真っ直ぐで、ただ目を細めてみると薄ぼんやりと黒いもやのようなものが点として見えるような気がした。

細い道と大通りの分岐点に白い着物を着た愛想の良い女性がいて、人々を右の細い道の方へ行くよう誘導していた。なぜかは分からないが、その女性の顔は私の小学生時代の友人にそっくりであった。本当に、意味は分からないが。

細い道の両側には木々が並んでいた。それまで木なぞ一本もなかったものだから、やっと「普通の自然」を感じた。景色というものはこういうことを言うのだ……いや、そもそも景色など所が変わればさまざまなものがある、何に自分はそこまで違和感を感じていたのだろうとふと考える。そんなことを考えていること自体おかしなことだな、とまた考える。巡る。

そんなことを悶々と悩んでいるうちに、目の前にこぢんまりとした家が見えてきた。田舎にある「ナントカ資料館」や小さな美術館の受付に似た小窓がついており、洋風ではなかった。少々さびれたような雰囲気だが、よく地方へ旅行に行く私にとってはさして目新しい要素はどこにもなかった。

中に入るよう促され、人々はどんどん中へ入って行った。私もついて行った。外側の見た目は「こぢんまり」であったが中は広く旅館のようであった。

案内されるまま人の波について中へと進んで行き、あの見た目でここまで広いものかな、などと私はまた考えていた。ふと右に目をやると広い中庭が見え、そこで白い袴に白い着物、たすきとはちまき姿の男達が何やら綱引きのようなことを揃って行っていた。訓練のように見えた。私はなぜかこの時、「ああ、警察官の卵達か」と確信していた。男の中には異様に人間らしからぬ姿の者もいた気がするが、その時は全く気にも留めなかった。中庭は外側も地面も砂利も真っ白であった。

大広間に着いた。

やっとだ。大広間には人間がちょうど一人入れる程度の長方形の箱がズラリと並んでおり、その数は多くてよく分からない。まぁ優に百以上はあったはずだ。そこに緑茶のような、良い色の湯がそれぞれなみなみと入っていた。どうやら一人用の風呂らしい。辺りは畳だというのに、湯がこぼれてもさして腐った様子も汚れた様子もない。妙である。しかし湯の見た目から良い温度で、気持ちが良くて、良い匂いがしそうなことは分かった。

大広間にはせかせかと動き回っている、紫の格子縞着物を着た仲居さんのような女性が大勢おり、食事などを運んでいた。私と一緒に来た人々は一人ずつ風呂に入るよう促され、ちゃぽんと心地良さそうに浸かっていた。よく見れば老人が多かった。男女は関係なく、誰も他の誰かを気に留めることもなかった。

仲居さん達が運んでいる料理は盆に乗る程度で芋の煮付や牛蒡《ごぼう》人参、麦飯といったものであった。質素だが、みりんで甘辛く煮付けてあるらしいテカテカ光っている牛蒡や、ねっとりとしてホクホクであろう里芋は皆美味そうであった。私は基本和食が大好きなため、意地汚くも料理を無意識に目で追っていた。料理は風呂に入っている一人一人に配られ、皆一様に湯船に浸かったままそれを仲居さんに食わせてもらっていた。風呂から上がった人々は、新しく配られた浴衣《ゆかた》に着替え、またどこか次の所へ案内されていた。

はて、これだけ湯がありながら中がもうもうとした湯気だらけでないのはなぜか……。またそのようなことを考え、周りを見ると窓が一つあった。なんとも機能的な窓である、これ一つで湯気がすべて逃げるのか、とぼんやり眺めていた。窓の向こうに黒いもやが見えた。はっとした。あのもやは先程真っ直ぐな大通りの向こうに見えた気がした黒いもやと同じものではないか。気のせいではなかったらしい。今度はかなりはっきりと見えている。黒く渦巻くような、そこだけ異空間のような、吸い込まれたら帰っては来られないような、不気味なもやであった。

その直感は当たっていた。

いつの間にやら風呂の順番が来ていたらしい。窓から目を離すと割と綺麗な仲居さんが目の前に立っており、ニコリとした。私が窓の外を眺めていたのを察してくれたのだろう、一言こう言った。

「あちらには決して行かないでくださいね、あそこから先は地獄ですから」

今思えばゾッとはしたものの、やはりなと思った私も異様である。

仲居さんは暫く私を見つめていたが、急に「接客」の笑顔が消えた。側を通りかかった年配の仲居さんに声をかけ、何やら話し始めた。おかしな雰囲気になり始めた。私の後ろがつかえ、私は少し申し訳ない気分と、何かしてしまったのでは、という不安にかられた。

仲居さんがくるりとこちらを向き、私に諭《さと》すようにこう言った。

「なぜここへ来たのですか。早いです。貴方はまだですよ」

目が覚めた。

目の前にいつもの天井があった。朝日が差していた。少々寝過ぎていた。

そうか、大通りを逆に戻った人々は新しい命として誕生するのだろう。あの料理を食べたらどうなっていたのか、風呂から上がったら次はどこへ行くのか、知るのはまだ先のようだ。

# 付いてきた腐乱死体

松木《まつき》一枝《かづえ》
（大阪府・59歳）

子どもに手がかからなくなった二十年ほど前から、私は頻繁に海外旅行をするようになった。おおかたは手軽なツアーを利用するのだが、もう一度行きたいと思った所へは個人で行くことにしている。二回目のインド旅行も、あちこちへ移動しないでガンジス河だけをゆっくり見物しようと独りでやって来た。

滞在先は、ガンジス河から徒歩で数分という賑やかな場所に建っている古い大きなホテルで、部屋数も多く、料金はピンからキリまであったがキリの方の一泊五千円の部屋を日本から予約しておいた。

到着した日は夕方になっていたため早めに就寝し、翌朝、暗いうちから起きだして身支度を整え、ホテル前からリクシャーに乗った。

薄闇の中、ガンジス河にはすでに大勢の信者がつめかけて待機していたが、日の出とともに競い合うようにして河に身を浸し始めた。

前回のツアーでは時間が限られていたせいでばたばたとしたあわただしい見物になったため、気ままな個人旅行の醍醐味《だいごみ》を味わおうと小船をチャーターし、さまざまな階層の人々の沐浴《もくよく》風景を心置きなく眺めた。

目を閉じ、聖河に浸って瞑想《めいそう》に耽る白髪の婦人。

骸骨《がいこつ》の標本のようにくっきりと肋骨が浮き出たドーティ（腰巻）一枚の老人も、うやうやしいしぐさで身を浸そうとしている。

神妙な手つきで献花を流す娘たち。

大きな壺《つぼ》に聖水を汲み入れている品の良い男性。

地方からやってきたらしい老若男女の一団。

歯を磨き、水を口に含み、顔を洗い、次いで全身を石鹸の泡で真っ白にしながら体を洗いだした毛深い大男。

彼らの上方には、ガイドブックでもお馴染みのホテルや、三角屋根でどぎつい色の寺院が櫛比《しっぴ》している。

火葬場が見えてきた。二本の大きな煙突から死人を焼く白い煙がもくもくと昇り空中にたなびいている。

その建物の手前に屋外の焼き場が二カ所あり、どちらにも薪《まき》の上に乗せられた遺体が炎の中でゴーゴーと音を立てて燃え盛っていた。

女は参列することを許されていない、と前回の旅行で現地ガイドから聴いていたから、周辺の男ばかりの一団は遺族に違いない。彼らは遺体が焼き終えられるのを黙してじっと待ち、その後、喪主が遺灰を河に流すのだ。

そんな彼らをひとしきり眺めた後、船頭に頼んで不浄の地といわれている対岸へと舳先《へさき》を向けてもらった。

白い砂地を歩いたり、物売りを冷やかしたり、痩せこけた犬と遊んでみたり、辺りに散らばる白い骨を人間か動物かと怖々《こわごわ》観察して見たりして陽が高く昇る頃まで過ごした。

さあ、そろそろ戻ろうかと岸辺に待機していた船頭に合図を送り、舟に腰を下ろそうとしたその時だった。まったく何の前触れもなく突然、水際から対岸に向いて十五メートルほど離れた河の表面に得体の知れない物体がぷかりと浮かび上がった。目を凝らすと、何とそれは変わり果てた人間の腐乱死体だった。

「この国では、事故死や病気などで天寿をまっとうできなかった人は、焼いてもらえずそのままガンジス河に石の錘《おもり》をつけられて沈められるのです」と前回の旅行で説明してくれたガイドの言葉が鮮明に脳裏に浮かんだ。

荒縄の片方に石を巻き付け、反対側に遺体を括《くく》りつけていた縄が水の中で徐々に腐り、切れ、水底からこのように水面に浮かび上がってくるのだ。

それは水を吸ってふやけ、魚に寄ってたかって食われたかして見るかげもなくなっていた。

まばらに残った髪の毛が頭部に張りついているが、金髪のように見え、皮膚も白人のそれだった。

私が震える手で思わずカメラのシャッターを切った途端、柔和な顔をした船頭が怒鳴り声を上げた。

何が悪かったのかわけが分からずただあっけにとられている客の私に向かって、彼は唾《つば》を飛ばしながら繰り返してこう言った。

「死人を写したりしてはいけない。それが死者に対する礼儀というものだ！」

その夜は妙に寝苦しかった。何度も寝返りを打ち何度も目が覚めた揚句ようやく寝付けたものの、真夜中に息苦しさと重苦しさで目が覚めた。するとあろうことか、私の掛け布団の上に男が覆いかぶさっている。

泥棒か？　それとも変質者か？

顔は布団に埋まっているため見えないが、私の胸の下辺りに豊かな金髪の頭部があり、私の顔のほうにずるりずるりと移動しようとしている。両手の指で布団を摑《つか》んで少しずつ少しずつ這い上がってくるのだ。

何なのだこいつは！　全身が総毛立つ恐怖に包まれたが、必死に「ヘルプミー　ヘルプミー」と声にならない声で叫んだところでふーっと意識が遠のいていった。

どれくらいの時間が経ったのだろうか。重苦しさで目が覚めた。すると、状況は先刻とまったく同じだった。男が一枚の布団を隔てて私の上に乗っかったままでいるのだ。しかも、男が顔を起こせばまともに視線が合うところまで接近しており、生臭い鼻息までが伝わってくる。

ついに男は顔を上げようとした。

「キャー 誰か助けてー」

もう、英語でヘルプなどと言っている余裕はなかった。今まさに男が顔を上げたその瞬間、再度私は意識を失くした。

目覚めると、カーテンの隙間から陽の光が差し込んでいる。恐ろしい一夜が明け朝になっていた。

なんという気持ちの悪い夢を見たものだろう。寝覚めの最悪な状態でベッドの上に上半身を起こし、早く忘れてしまおうと頭を振り、ふと掛け布団に目をやって息を飲んだ。まるで水から上がって体を拭かないで横になったかのごとくに布団がぐっしょりと濡れている。夢などではなかった。昨晩の出来事は現実に起こったことだった。

どうしてこんなことが……。しばらく呆然としていたが、はっと思いあたった。この部屋に入って来たのは、昨日ガンジス河で目撃した腐乱死体の男だ。それをカメラに収めてしまった私を呆れるほどしつこく怒鳴った船頭は、こういうことを心配してくれていたのだ。私は幽霊を連れてきてしまっていた。

ぶるぶると震える指で傍に置いていたカメラを取りあげ、急いでフィルムを引き抜くと、部屋の片隅に置かれているブリキ製のくず入れを目がけて投げ入れた。空っぽだったため「カーン！」と乾いた音をたててフィルムは底に収まった。

フロントへ行き、宿泊客の応対をし終えたスタッフの一人に、「部屋が気に入らないから、別の部屋に替えて欲しい」と頼んだ。ところがあいにくとこの時期は観光シーズンで全室が塞がり、今日もチェックアウトの予定はないとすまなさそうに言われた。

えーっ、それなら今晩もまたあの部屋で過ごさねばならないのか。考えただけでも全身に悪寒が走った。

すると、ソファーに背を預けくつろいだ様子で新聞を読んでいた黒いターバンの男性が顔を上げ、「私はビジネスで宿泊していて部屋などどこでもいいから、何なら替わってあげましょう」と、親切に申し出てくれた。

助かった。私は胸をなでおろし、礼を述べるとすぐさま部屋に戻り、あわただしく荷物の整理を済ますや、壁で隔《へだ》てられた隣の部屋へと移った。

その日の深夜、私はすべての明かりを煌々《こうこう》と点けっ放しにした部屋にいながら昨夜の出来事が細部まで蘇り、気味悪さに震えながら毛布にくるまって眠れぬ時間を過ごしていた。とその時、急に何とも言えない男の呻き声が隣室からあがった。咽の奥から搾《しぼ》り出すような苦しみ悶《もだ》えている声だ。

私は慌てた。部屋を替わってくれたあの男性が私と同じ目に遇っているのではなかろうか。もしかしたら、カメラのフィルムがルームサービスの目に留まらず、あのままくず入れに入ったままになっているのではないか。だからまた今晩もさまよっている霊が出ているに違いない。そうだとすれば放っておくわけにはいかない。早く行ってあげなければ……。そう思いながらも強い恐怖心から身体が金縛りにあったように硬直したままだった。

だが、こうしてはおれない。親切にしてくれたあの男性にお返しをしなければ申し訳ない。意を決するや、渾身《こんしん》の力を振り絞って起き上がると廊下に走り出、男性の部屋のドアを力を入れて「ドンドンドン！」と叩いた。

しばらくすると、部屋を替わってくれた男性が口元に泡の跡を残し、引きつった真っ青な顔でよろけながら姿を現した。

私は彼に詫びながら、様子を聴いた。

それによると、息が詰まりそうな苦しさに目を開けると、金髪の若い男が馬乗りになり、かっと両眼を見開いたものすごい形相で自分の首をぐいぐいと絞めつけてきた。歯を食いしばりもがきながら、両手でその手を解こうと格闘しているときにドアを叩く音がし、その途端男が消えたというのだ。

私は私自身の昨晩の体験をこと細かく彼に話し、くず入れから想像した通りそのまま残されていたフィルムを取り出すと、まるで証拠品のように彼に見せた。

彼は両手で漆黒の頭髪をかきむしると、苦痛にゆがんだ顔をして二度三度小さく頷いた。その様子に、インド人の彼には何かが理解できたに違いないと察した。しかし私の方はそれ以後インドを訪れる気にはまったくなれない。

# 白線の道

酒井絹永《さかいきぬえ》
（和歌山県・69歳）

十二月十四日でした。

新年がわりの挨拶と墓参をかねて、夫の実家を訪ねたときのことです。一泊させてもらったものの、早くから目が覚めてなかなか眠れず、もういちど菩提寺《ぼだいじ》へお参りしてこようと思いたちました。

夫の枕元にメモを置くと、家人を起こさないように裏口を開けて出ました。六時十五分でしたが、まっ暗です。

所どころに設置されている防犯灯だけが頼りだと思うと、ちょっと不安でしたが、知らない道程《みちのり》ではないし、日が暮れるのではなく夜が明けるのだから、という安心感がありました。私の足で二十分余りだと思いますが、お義兄《にい》さんはいつも私たちを車で送ってくれるので、歩くのもひとりで行くのも初めてでした。

外気は、予報に反して寒く冷たさが身に沁《し》みます。幸いだったのはローヒールの靴を履いていたことで、でこぼこ道でも苦労せずに歩けました。

この辺は町と言ってもまだまだ田舎です。細い町道には家屋もまばら。行く先々の家には明かりもついていません。近ごろは農家の朝も遅くなったようです。

　それでも市道に出ると、アパートや個人商店もあり、自動販売機の周辺は昼間のようで救われます。

　しばらく行くと、あちらこちらに、ぽつり、ぽつりと灯がともり、ほっとした気持ちになるのでした。

　薄暗がりの中でもカラスは電柱に止まり、クワッ、クワッ、クワッと鳴きます。その声はどこまでも追いかけて来そうです。

　行き交う車はありません。新聞配達の単車が一台、追い越して行っただけです。前に見えて来たヘッドライトも、曲がり角に消えてしまいました。

　外灯は、そばを通る間だけ、私の影を大きく映しますが長くは続きません。心細さを募《つの》らせながら、ようやくお寺の見える場所までできました。

　参道と呼べばよいのでしょうか。百五十メートル程の真っすぐな道があって、ごく最近に引かれたらしい両側の白線が際だっています。

　その白さは、両眼の視界を完全に遮《さえぎ》り、一気に吸い込まれそうでした。

　私は、深い考えもなく、この道を選びました。

　お義兄さんはここで、ローマ字のDの字を反対にした形で遠まわりをします。対向車が来ても十分に通れる道幅があるのに、どういうわけか通らないのです。

道をはさんで、右に六軒、左に五軒ぐらい民家が並んでいますが、どの家も暗く鎮《しず》まっていました。

と、左手に何やら動くものがあります。防犯灯の途切れた区間になっていてよく見えないのですが、人影のようです。

道の中央に立った人は、片手にバットを持って頭上で左右に振りまわしていました。あちらを向いているので、私が近付いてもわからないのではないか。

いやな予感がして引き返そうか、と思いましたが、言葉をかければ退《の》いてくれるだろうと思い直しました。

そのくせ、胸の鼓動は激しくなって、どうしよう、どうしよう、と困ったままで近くまで来てしまいました。

「通らせてください」

大きな声で、はっきりと言いました。

いきなり、挑戦的な言葉が出てしまったのは、迷惑だ、という相手への怒りがあったからだと思います。

その人は、振り返ることもなく、道を譲ることもせずに仁王立ちのまま、顔だけ右に向けると、宙に描いていた半月の輪を次第に小さくして、自分の腰の位置まで落としてくれました。

真近に見た人は、白っぽいパジャマ姿で胸のところまで黒い腹巻をした、メガネの若い男の人でした。

この人の家はずいぶん大きく、表も広々としています。わざわざ路上に出てくる必要はないと思われるのに、おかしなことです。

すみませんの一言もなく、悠然としていることが腹立たしくてなりませんでした。今どきの若者は、どうせ非常識なんだ、と自分に言い聞かせて足を速めました。

あっ。

お寺にいちばん近い右側の家の横にある防犯灯の下に、また、パジャマの人がいるのです。うずくまっています。動かない人というのも得体が知れず怖いものです。奇行ではあっても、動いている方が納得できるのです。

再び胸さわぎがしましたが、ここまで来た以上、先へ行くしかありません。

灯下の人は地面に新聞を広げていました。寒い早朝、どうしてこんなところで。

夜明けの早い夏ならともかく、真冬の暗いところで活字を読むのは大変だし、常識では考えられないことです。

「おはようございます」

ジョギングでもしている感じで、わざと明るく挨拶をしました。返事はなく、そのままうつむいてゆっくりと顔を上げたのは、年配のおじいさんでした。そのままうつむいてしまいました。

変な気分のままお寺に駆け込み、境内を埋め尽くした銀杏《いちょう》の落葉を踏んだとき、張りつめていた心が解《ほぐ》れました。

常灯に包まれた本堂の中は、橙色に染まり暖かく私を迎えてくれたからです。

奥《おく》つ城《き》の水場に近い所に、うちの墓があります。持参した〝七つ道具〟を取り出して一連の手順を開始。先ずは水で清めました。

線香立てやロウソク立てをきれいにしていると、急に明るくなりました。日の出です。

昨日、替えたばかりの花筒の水は三分の一に減っていました。菊の大輪が勢いよく吸い上げたのでしょう。生き生きとしています。

新しい線香とロウソクを用意していると槙の木に小鳥が来て、さえずり始めました。

嬉しくなってあたりを眺めました。

数百基の墓石が、向かい合い、背を合わせ、寄り添い、また離れたりと大小さまざま。欠けたり、傾いたり、触れると壊れそうな苔《こけ》むす墓。無縁仏となった沢山の墓石を集めた大きな碑もあります。

和歌山は正月になっても雪は降りません。

一月の中頃から二月の下旬にかけて散《ち》らつきます。積雪もめったにありませんが、もし積ることがあれば、ここにあるどの墓にも、等しく白い帽子がかぶせられることでしょう。

ご先祖に帰りの挨拶をして、ふと、黄色い落ち葉をすくってみました。やわらかい手触りに似合わず、固く乾いた音がしました。

樹齢三百年の銀杏の樹を見上げると、一葉も纏《まと》わず丸裸です。巨大な竹箒を逆さにしたごとく天に向かい、枝々には数え切れないスズメ達が、黒い団子のように鈴生《すずな》りでした。

改めて本堂と納骨堂に合掌。

そして、振りむくと、おじいさんは、まだ、いました。

十五分は経過しているのに、そのままじっとしていたのでしょうか。

バットの人はいませんでした。

門前で立ち止まり迷いました。右に折れるとお義兄さんが通る道だからです。

おじいさんのいるのが気になりましたが、来た通を行くことに決めました。

明るくなったことが心を弾ませ、先程は見えなかった畑のキャベツ、レタス、白菜、大根などの緑が瑞々《みずみず》しく目に飛び込んできます。

おじいさんの前を通るとき、適当な言葉がみつからず、黙っていました。おじいさんもそ知らぬ顔でうつむいていました。

〝よかった〟と思いました。偏見はよくないことですが、ほんとうはとても怖かったのです。人が不動でいるということが、こんなに恐ろしいものだとは知りませんでした。

あと少しで、この道は終わりだと思うと安堵が疲労に変わりました。

もっとゆっくり歩こう。

家を出たときからずっと、急ぎ足だったと思いました。

その時です。異様な雰囲気に襲われたのは。

誰かに見られている気がしたのです。

はっ、となって右側の家の二階を見ました。

小さな窓が半分開いていていて、マスクをした人が見おろしていたのです。男女の区別はつきません。息を詰めて見つめている、という気配だけが強く伝わって来ました。

寒気がしました。

十キロも二十キロもある氷を、背中に括《くく》りつけられたように足がもつれました。

どうして。なぜ。

それでも急がなくてはなりません。一刻も早く帰らねば。無事に戻りたい。

私たちが下車した、御坊《ごぼう》駅の手前にある踏み切りを、ごっとん、ごっとんと鈍い音を出して通過する列車の音を懐かしく聴きながら、ひたすら走りました。

# サクラサイテ

K・大嶋《おおしま》
（埼玉県・37歳）

十八年ほど前のことになる。

当時、私は東京にあるKという予備校に通っていた。静岡県三島市の実家を出て予備校の寮に入り、二年目。女だてらの二浪目。もう後がないというプレッシャー。チックと円形脱毛症に罹《かか》りながら頑張った私を、神は見捨てなかった。二年越しの恋は実り、その春、私は第一志望だったT大の合格通知を手にした。

合格したことを電話で両親に伝えた翌日、私は帰省するため、東京駅のホームにいた。自販機で三島行きの切符を買う。一万円札を入れると、切符と小銭、数秒遅れて、

「オサツヲオトリクダサイ。オサツヲオトリクダサイ」

無機的な音声とともに、チカチカと赤く点滅をする返却口から、ベロンとお札が吐き出されてくる。

(小銭ならともかく、お札を忘れる人なんているのかしら)

がさごそと財布にお金をしまっていると、

「あの、すいません」

後ろから声を掛けられた。振り返ると、眼鏡をかけた、自分と同い年くらいの少女が、思いつめた顔で立っている。

「なんですか」

持っていた二つ折りの財布をしっかり握って答えた。

「あの、私、実家に帰るとこなんですが、財布を失くしてしまって。掏《す》られたのかもしれません。ポケットにいくらか残っていたんですが、静岡までお金が五千円足りないんです。必ずお返ししますから、何とか五千円貸していただけないでしょうか?」

「ええっ?」

「いきなり見ず知らずの方に、非常識だっていうのはわかっています。でも、あの、父が危篤なんです。だから一刻も早く新幹線に乗らないと……。学生証はありますから、名前とか住所とか控えていただいて結構ですから、お願いします」

そう言って少女は、ダッフルコートのポケットから一枚のカードを取り出した。

学生証は私と同じものだった。

いや、正確にいえば「学生証」ではない。K予備校が発行している、「塾生証」。少女は私と同じ予備校に通う浪人生だったのだ。私が池袋の校舎に通っているのに対し、彼女は千駄ケ谷にある校舎に通っている。生年月日から、私より一つ年下だとわかった。

「お願いします。早く行かないと、父が……」

度の強い眼鏡のせいで、殊更に小さく見える眼。それが血走っていた。その必死さに私は圧倒されかかっていた。助けを求めるような思いで周りに視線を泳がせた。

平日の午前中。混雑していないため、切符を買おうとする客は、並ぶことなくどんどん別の自販機で切符を買っていく。誰も私たちに注意を払う者はいなかった。ぐるりと泳いだ私の視線は、また少女の眼に捕らえられた。

(どうしよう)

この真面目そうで田舎くさい少女が、人を騙そうとしているとは思えない。しかし、見ず知らずの人間に金を貸すのはやはり気が進まなかった。躊躇《ちゅうちょ》している私に、

「必ずお返しします。お願いします」

少女はさらに頭を何度も下げてくる。お下げの髪が揺れていた。

五千円。社会人の今ならともかく、当時の私は親の脛《すね》を二年も余分にかじっただけの穀潰《ごくつぶ》し。五千円は大金だった。貸せば、返してもらえるまで、気になってしょうがないだろう。そしてもし返してもらえなければ、つまり騙されたということになれば、折に触れ思い出し、自分の人の良さを後悔することになるだろう。

(そうだ！　そんな煩《わずら》わしい思いをするくらいなら、いっそ、あげてしまおうか)

とっさの思いつきだった。

この子が、春からどこの大学に通うのか知らないが、自分と同じT大ということはないだろう。いや、もしかして全滅で二浪決定？　いやいや女だから受験を諦め、実家で家事手伝い、なんてこともあるかもしれない。そんな少女に五千円。T大生から、幸せのおすそ分けだ。この子はそれで、病床の父の許《もと》に駆けつけることができる。彼女の父が助かるのかどうか、それはわからない。しかし、必ずこの子は言う。

「東京駅で会った『S』という子のお陰で、ここに来ることができた」

それは自分も同じだ。実家に帰って、まず合格証書を両親に見せる。二人とも改めて感激するだろう。母はまた泣き出すかもしれない。そして夕食。メニューはすき焼き。子どものころからの自分の好物だ。今日は奮発して特上の霜降り肉を買ってるに違いない。その席で言おう。

「実は今日、東京駅でね……」

両親の顔がまたほころぶ。高校生の弟が大声で手を叩く。

「アネキ、偉いよ！　かっこいい！」

（よし、決まった！　そうしよう）

私は顔を上げ、少女を見た。

「いいよ。あげるよ、五千円。後から返してもらうのも面倒だしさ」

少女の目が大きく見開かれた。

「ええっ、本当ですか！」

大きな声。隣の列のおじさんが驚いてこちらを見た。

相手の予想以上の喜びように苦笑しながら、先ほど閉じた二つ折りの財布を開く。その瞬間、別の考えが頭をよぎった。

(なんで、私なの？)

切符を買う客は沢山いる。学生にしか見えない自分に頼むより、他にいくらでも貸してくれそうな人間はいるではないか。

(同性だから？)

名前や住所を教えたりするのだから、男の人に頼むより、女に頼むほうが確かに安心だろう。

(でも……)

「チチキトク、スグカエレ」。ドラマではよくある設定だが、果たして現実にそんなことが起こるものだろうか。そもそも、校舎は違えど、自分と同じ予備校に通っている人間が、こんなところで、こんな状況で偶然、声を掛けてきたというのもおかしい。どこかで私のことを見知っていて、たまたま東京駅で見かけたので、カモろうとしているのではないか。

目の前にいるこの少女が、途端に胡散臭《うさんくさ》く思えてきた。そういえばこの子、私が切符を買うのをすぐ後ろから見ていた。返却口が点滅してお札が出てきて、そして間髪容《い》れずに声を掛けてきた。「今、五千円ないから」という言い訳をさせないために……？

手が止まったままだった。ほんの数秒。でも長い「間」だった。少女が、怪訝《けげん》そうにこちらを覗きこんだ。

「やっぱダメ」

自分でも驚くくらい冷たい声が出た。

「ええっ、あの……」

少女が何か言おうとしていたが、私はもう駆け出していた。改札を抜け、階段を駆け上がる。ゼイゼイと息が切れた。乗る予定の新幹線は、まだ発車していなかった。

二十日後に入学式があった。

「来なくていいから」という私の言葉を無視し、入学式には両親に加え、弟までやってきた。

「T大の入学式なんか、もう一生行けないから」というのが彼の理屈だった。

入学式は第一講堂で行われる。新入生は一階に着席し、父兄は二階。両親たちと別れ、一階の正面入り口から入ろうとした私は、前を歩いていたお婆さんとぶつかった。背が低いので視界に入らなかったのだ。床に何かが落ちる音がした。

「すいません」

私はとっさに謝ると、お婆さんの落とした物を拾い上げた。

祭壇に飾られるような、大きな写真だった。幸い、額はどこも壊れていない。私は両手でお婆さんにそれを手渡した。

「おや？」

ふと、奇妙な感じがした。写真の人物を見たことがあるような気がしたからだ。

写っているのは、四十歳くらいの、黒縁眼鏡をかけた男だった。痩せた、風采《ふうさい》のあがらない顔だった。

(知り合いなわけないし、気のせいか)

次の瞬間、後ろから肩を叩かれた。

少女が立っていた。あの時と同じ、度の強い眼鏡、お下げ髪。東京駅で私に五千円貸してくださいと頼んできた子だ。

「間に合わなかったわ」

今見たばかりの写真によく似た顔が、ほんの少し歪んだ。

「せめて合格したことだけは、報告したかったんだけどね」

お婆さんは遺影をもったまま、私を見上げている。杭のように突っ立ったままの私達の横を、人がどんどん流れてゆく。

「私のお婆ちゃん。最後の身内」

少女の手が小さな背中に触れる。

「これから、孫がお世話になります」

丸い背中がさらに丸くなった。私は言葉が見つからず、ただ深く頭を下げた。

三十分後、式が始まった。両親や弟が私の写真を撮ろうと、二階席でやきもきしているのは知っていた。しかし、私はなるべく顔を上げないようにしていた。偶然なのか、父母たちの隣の席に、あのお婆さんが座っていた。顔を上げれば、嫌でも目に入る。そして、お婆さんは私を見下ろしながら、明らかに遺影を私の方に向けていた。

# あざ

松山《まつやま》ゆりえ
（福岡県・31歳）

「あ、またパンがない！」と私の朝の第一声があがり、母の「あぁ、お父さんが食べよったよ」といつもの冷静な声がし、私は「またやん！　もぉー昨日、朝食べるパンって決めてたのに」と言うと母は毎度、「今度は二つ買って来るから」と面倒くさそうに言います。

こんな会話は日常茶飯事なのです。というのも、父は私が食べたいと思っていた物を、悪気はなく必ずと言っていい確率で食べてしまうのです。つまり、同じ物が二ついる「味覚、好みが同じ父子」なのです。

私が産声をあげ、取りあげてくれた先生が、難産で意識もうろうとしている母に「男の子そっくりの女の子ですよ」と冗談を言いたくなるくらい、私は父に顔がそっくりです。

小さな奥二重の三角目の所や、頬骨が高く、父ほどひどくはないが、口元が出ている所がとっても似ています。今では、産後太りもあり「ゴロン」とした体型まで似ています。体型が似ていると、どうしても動作まで似ている気がします。それとは対照的に私は母に全く似ていません。ただ、しいて言えば、やっぱり母に育てられたので、考え方や身のこなしなどは時々人に似ているとは言われますが、無口な所も父ゆずりで、私は母ほど滑舌《かつぜつ》が良くありませんし、持ちまえの明るさもなく、やっぱり父に似て、良く言えばもの静かで、いるかいないかよく分からない存在です。

幼い頃、父が出張へ行っている日は夜になると、淋しくなり、よくシクシク泣いたりしたものでした。母親がいなくて泣くのがほとんどの子どもだと思いますが、私の場合は母ではなく、父でした。私がまだ学生の頃、「お父さんそっくり」と言われると、イコール「男顔」に結びつき嫌な反面、何となく、心の中では「ニヤッ」と笑いたいような、微妙な嬉しさがありました。そして、年頃になっても、父が使ったお箸でごはんを食べるのも何とも思わないし、仕事から帰って来ると汗臭いんだけど、嫌な臭いではなかったりするくらい父親っ子でした。その時はまだ、「お父さんっ子」という範囲で考えていました。

そして双子の親子のように、食べ物にしても、洋服や家電のデザインの好みもまったく同じです。ある日、一人で留守番をしていた夕方、家の電話が鳴ったその瞬間、「お父さんに何かあったんだ」と第六感が働き、ドキドキしながら電話に出ると、父の会社の事務員さんからでした。

その事務員さんは、学生の私には用を告げず、「お母さん帰ったら、連絡ください」と言い電話を切りました。私は、外で母を待ち、母の姿が見えると走り寄り、「会社の人が電話くださいって、お父さんどうかしたんやない？」と半ベソで伝えました。

当時、父は立体駐車場を作る仕事をしていました。母が会社に電話をかけると、父は仕事中に二十五メートルの高さから転落したとのこと。幸い途中の突起物に作業服が引っかかり、命には別状ありませんでしたが、一カ月の入院となりました。

父のことが手に取るようにわかる、そんな日々は続き、二十歳になった私は父を味方につけ、一人暮らしをし、その際父が自立のお祝いへと、私が一目で気に入るような額ぶちの絵を持って来てくれたことは、言うまでもありません。

そして六年後、私は結婚し、第一子を出産しました。十月十日《とつきとおか》、お腹で育て、生まれた娘は二千五百グラムで、未熟児ギリギリセーフでした。

そんな小さな赤ん坊を見て、父は一言、「枯れ木のような細い足やね……」と、ボソッと言いました。普通、「頑張ったね」とか「おめでとう」とか「これから大変だよ」とか言うものと思ってましたが、父らしいと言えば、父らしい。私が一番心配していた我が子の細さを、やっぱり父もすぐに言ったのです。

そうして生まれた長女もスクスクと大きくなり、少し物分かりが出て来る七カ月頃から、他の人には決してなつかない、典型的なママっ子になりました。そして母は、私の幼い頃と、そっくりだと太鼓判を押し、孫なのに、我が子を見ているようだと、会うたびに口にしていました。母親になった私としては、私に似ているし、可愛いさかりで溺愛《できあい》していましたが、いつの頃からか、「可愛い」だけでなく、長女が何も言わなくても、して欲しいことなどが、手に取るようにわかるようになりました。

今現在、長女は四歳になり、幼稚園に通っていますが、帰って来て顔や姿を見るだけで、幼稚園で、楽しかったのか、嫌なことがあったのか、一目でわかるのです。嫌なことがあったのかな？　と思う日は、優しくなだめると長女は、後引くことなく大満足の様子になります。そして、私が寒いなぁと思って、テレビなど見ていると、長女は毛布を持って来たり、出かける時のクツなどを、「どのクツ」とも言っていないのに、「お母さん、このクツ？」と用意してくれるのです。

私は長女に対し、双子のような絆の親子だと感じています。というのは、長女と一歳半離れた次女がいるのですが、次女には長女とは同様の親子愛が感じられないのです。

確かに次女は長女よりも愛嬌があり、おちゃらけタイプで、誰からも「可愛い」とチヤホヤされるのですが、なぜか双子のような絆は感じないのです。

そして長女は、次女よりも、私の父だけには特別なついていて、「ジージー」と呼ぶ言葉の後に、ハートマークがついていると、皆が言うくらい、自分の父親より「ジージー」が大切なのです。

そして、父と私と長女には奇妙な共通点があります。それは、三代にわたって、右手の甲に「扁平母斑《へんぺいぼはん》」という茶色い、しみのような、「あざ」があるのです。この異様な親密感、何とも言えない、双子のように相手の気持ちが手に取るように分かるのは、この「あざ」で繋がっているのではないかと、最近思うのです。

# 三十五年目の幽霊

広田明美《ひろたあけみ》
（高知県・51歳）

私はその時小学六年生だった。

その日はよく晴れてはいたが風が冷たかった。午後になって私は川の向こうにある天《そら》の川の親戚の家へ行こうと思い立ち、徒歩で家を出た。

やがて、こちらとあちらを結ぶ沈下橋のたもとに差しかかった。前方を見て、私は「あっ」と叫んだ。

何と軽トラックが一台天地をひっくり返したままに、あたりに異様な静けさを漂わせていたのだった。

天を見上げると、上を走る国道から落ちて来たことを物語るように崖が崩れ、雑木が下を向いて倒されていた。

地に目をやった時、車の中からかすかに呻く声を聞いた。地面に接した車の天井にドブのように血が溜まって、じわりと流れ出て広がっていた。

「えらいことになった！」と、私は自分に何度も言い聞かせていた。

そのうちに親戚のおじや近所の人達が呆然と立ち尽くす私のいる方へ駆け寄って来た。続いて救急車やパトカーが到着し、あの静寂が一転してもの凄い騒ぎになってしまった。私は吐きそうな思いを堪《こら》えて、とりあえず目的地の親戚の家を目指して、また歩き出していた。車内にいた若い男の人が、うっすらと目を開けてじっと私の方を見ていたシーンを何回も何回も想い出してはなぜか悲しく寒く、怖く感じ始めていた。

この日、私が親戚の家に泊まったかどうかは忘れてしまったが、祖父の顔を見たら急に足がガクガクと震え出したのを今でもはっきりと覚えている。

事故の翌日、二人のうち一人が亡くなった。あの薄目で私を見つめていた青年の方だった。彼は、大向《おおむかい》という小さな集落に住んでいて、秋丸という地名にある友人の家へ遊びに行く途中で、この事故に見舞われてしまったのだった。無論自分が事故で死ぬとは意識しないまに突然逝くことになった。

この悲惨な事故を目の当りにして以来、私の脳裏にはあのうっすらと目をあけて私の方を悲しいとも何かを欲していたとも言いようのない表情が一つの像となって映り込むのを覚えた。それ以後、「事故で死ぬということ」を私は強く意識して生きるようになった。

私が中学二年になった年だった。母が仕事仲間に同乗して現地へ向かう途中、運転手が凍結した道でスリップし、そのまま猛スピードで谷底へ突っ込むという大事故を起こした。母は九死に一生を得たものの足や肋骨等を折り、半年間の病院生活を強いられてしまった。お陰で折れた右足は今も曲がらない。

その事故に続くように、四歳下の弟も度々てんかんの発作を起こして幾度となく病院へかつぎ込まれた。

今度は、私自身が虫垂炎のため一週間入院した。

小学校の高学年の時に遭遇した事故によって家族にさまざまな現象が起こると、「祟《たたり》」ではないかと自然に考えるようになった。強すぎるインパクトのある体験は、その人の後の人生を左右しかねない程の心の葛藤を呼ぶこともあるのだ。

その青年の死後数年に亘り、彼の亡霊が時々出没し、それを目撃した人の数も増えていった。この噂はあっという間に広まり、事故現場周辺が一時期心霊スポットになったこともあった。

だが、その惨事もいつしか風化し、人々の心の中から忘れ去られたかのように思えた。

今から八年位前になるが、その事故現場にほど近い荒れた寂しい藪が整地され、小さな公園ができて、一つの石碑が建てられた。もうすでに事故当時の暗く陰気な面影はなく、小花も植えられ明るく変化していった。

私の父は何十年も関西方面で、出稼ぎをしていた。父も齢《よわい》七十を過ぎて、都会での土木作業員の下請け業も下火になり始めたので、すべて引き払い八年前に高知の家に戻って来た。何十年振りかの家族との同居だったが、一人暮しになれた自由気儘《きまま》さは、時折り私達家族の悩みの種となり、衝突することもあった。

父は他人より秀《ひい》でた体力を活かし畑や山の仕事に精を出し、人様の畑仕事も請け負い日銭を稼いでいた。山では間伐材を薪束に作り、一つ百円で売り、これが結構評判を呼び町外からも客を獲得している。

この働き者の父の日課が、夕刻仕事を終え風呂に入った後のウォーキングだった。

五年程前であったろうか、蒸し暑い夏の夕八時前に、いつものように東の方向へ早足に歩き出した。父は心の中で「今日は遅うなってしもうた」とつぶやきながら、体力維持のためにと歩を進めていた。

天の川のあの事故現場の上をさらに東へと国道に沿って自転車道を、手を高く振り上げながら前進していた。

じきに、立目《たちめ》という場所にあるその小さな公園の石碑までやって来た。

すると、ふいに一人の背の高い若い男が、

「おんちゃん、一緒に行ってもええか」と、声を掛けてきた。

父は折り返し家の方向へ歩きながら、「こんな時間におまんはどこへ行きゆうがや？」と尋ねると、「秋丸の友達の所へ行きゆう」と、答えを返してきた。この蒸し暑い中、学生服を着込んで、帽子まで被りどうしたことだろうと内心訝《いぶか》りはしたものの、相手の素性を確かめていた。

その学生は、この公園の近所に住んでおり、彼の父親が父と同級生であることも分かった。「おんちゃん、いっつも歩きゆうねえ」と、また声を掛けてきたので、父も「おお、体のこともちっと考えんといかんきのお」と笑顔でふと横を向くと、その若い男は姿を消していた。

そこは、丁度《ちょうど》自転車道がとぎれた所で、事故車が落ちた側の反対の所にあった。

驚いて、父は四方ぐるりを見回したが、どこにもその男はいなかった。

「やっぱりあれか……」と思った瞬間、体中がこわばり寒気におそわれた。その後は無我夢中で家まで駆け込んだが、どんな風に戻って来たのかよく覚えていないとのことだった。

翌日になって、父はようやく昨晩の出来事を私と母に語った。

「やっぱりT君か」との私の問いに父はこわばった表情でこくんとうなずいた。「どうして今頃出たろうね」と私も首を振り振り考え込んだ。

結局、成仏《じょうぶつ》できていないことに気づき、私はねんごろに追善回向《ついぜんえこう》をした。

T君にとっては無理からぬことであっただろう。親友に会うために出掛ける途中、心躍るままに逝ってしまったのだから。やはり、友人に会いたいという一念は、常に霊と成っても果たしたいことだったからだと思う。

叶《かな》えたい夢や希望半ばに期せずして亡くなってしまった人々は、この無念な思いをどのように表現していいのか分からないのだろう。

だから、時に幽霊としてＴＰＯを選ばずに出現し、生きている人々を驚かせてしまう。自分を分かって欲しいと思うのは、死んだ人々も同じであろう。

死んだ人々は、死んでしまった時点から随分進んだ今の世の中を、どのように俯瞰《ふかん》してきたのだろうか。今、ここに生きている私達に求めることは一体何なのだろうか。

三十五年前、まだ子どもだった私の目に映った瀕死のその青年は、自分が一番したいことを幽霊の身として、たまたま私の父に話しかけながら友人の家を目指していたのだった。彼の目的は父をびっくりさせることではなく、あくまで友人に会いに行くことにあった。

楽しい想い出作りをしようとしていた人間臭い幽霊に、深い情を感じてしまうのは、私だけだろうか。

# 夏の映画で

八本公美《やもとくみ》
（千葉県・38歳）

小学生の頃の話です。夏休みに入る前の恒例で、交通安全の映画を見るというイベントがありました。近くの警察署の方々が来て交通安全の説明をしたり、先生だけの説明だったりさまざまでしたが、体育館に集められ映画を見ることは同じでした。

毎回、同じような映画でつまらないと思っていましたし、体育館の床に長時間座っていることも苦痛でした。仕方なく暗幕を閉め、映画を見始めると、それは初めて見る映像でした。

——私たちと同じ年頃の男の子が、学校の帰り道にふざけて道路に飛び出します。小雨が降っている夕暮れで、視界はとても悪そうでした。走ってきた大型トラックに、男の子は轢《ひ》かれました。男の子の姿は車の下になり見えませんが、道路に赤い血が広がります、そして救急車が来ると、救急隊員が何か相談していました。男の子が、救急隊員に抱えられストレッチャーに載せられると、すぐにオレンジ色の毛布が掛けられました。しかし、救急車は発進しませんでした。

救急隊員は、タイヤに絡まったものを外したり、車に潜ったり、機械に挟まった何かを必死に取ったりしていました。雨が本降りになり、救急隊員は白いカッパ姿に変わっていました。救急車が発進できない理由は、男の子の手足を必死に探していたのです。救急隊員は、すっかり日が暮れた中をライトをつけながら捜しました。そして、男の子の手足をストレッチャーに並べ、病院に搬送しました。

次のシーンは、男の子の葬式でした。ランドセルが置かれた棺《ひつぎ》に、両親らしき男女が大声で泣きながら、抱きついていました。

私は、その生々しいシーンの連続に目を閉じたいけれど、怖くて閉じていられませんでした。怖いシーンの度に、先生を睨《にら》んだりしましたが、先生達は顔色も変えずに映画を見ていました。私は、ひたすらに映画が終わるのを待ちました。

映画は、その後もさまざまな本当の映像が続き、次々と悲惨な映像が流れました。そして唐突に、画像が切れました。

やっと映画が終わると、近くに座っていた子に、

「こんな怖い映画、見たの初めて……」

と、告げました。その子は、きょとんとしていたので眠っていたのかもしれません。

しかし、後になって間違っていたのは、私だったことが判明したのです。

学校の帰り道、映画の話題になったのですが、普通の退屈な、飛び出し注意とか危ないよとか実例のアニメが交じった、交通安全の映像しか流れていなかったと、他の人は言うので

す。

私を騙《だま》してと思いましたが、他のクラスの子に聞いても同じでした。誰も、そんな悲惨な事故現場など見ていないと言うのです。

私は、眠っていたとは思えませんでしたが、確かに私だけ違う映像を見ていたようでした。その体育館の目の前では、通常ではあまり起きない不幸な事故が、連続して起きていました。事故自体は、私は直接見たわけではないのですが、テレビのニュースでは流れていたようです。また、同じ学校の沢山の子ども達が、目撃していたのですが、先生により話題にすることを禁じられていました。その通りを通学路にしていたので、怖い夢を見たのだと親には説明されましたが、見たこともない映像をくっきりと見たことは衝撃でした。

ちなみにその頃は、ホラーも大嫌いで見ることもなく、ニュースもほぼ見ていませんでした。アニメと歌番組くらいしか見ていなかったので、衝撃の映像だったのです。

# 桃花苑《ももはなえん》へようこそ

武田《たけだ》幸子《さちこ》（千葉県・63歳）

十五年ほど前のことです。

私は看護師として、桃花苑という老人保健施設で働いていました。

杉林に囲まれた施設の道路を挟んだ向かい側は、広い霊園でした。

その当時、入居者の中に、八十六歳になる橋本チヨさんという女性がおられました。

チヨさんは認知症の方でした。

東京の江東区の方で、娘さん夫婦が跡を継いで町工場を営んでいたようです。

娘さんの話では、見当識障害が強くなり、車道に飛び出してしまうので、家では看《み》きれなくなり、施設入居を決めたということでした。

娘さんとチヨさんは血の繋がりはなく、二、三歳の時、養女に来たということでしたが、事情を知らなければ気がつかないほど、二人は姿形がよく似ていました。

穏やかな性格。色白で面長の顔立ち。長身ですらりとした体つき。実の親子よりもよく似ているように思われました。

大切に育てられたという娘さんは、認知症になった養母を労《いた》わり、週一回は必ず面会に訪れていました。

「頭の良い人でつるかめ算は母に教わったの」

娘さんにとって、子どもの頃から自慢の母親だったようです。

「私を大学まで行かせてくれたのよ」

そのことにもとても感謝しておられました。

「チヨさん偉かったのね」

というと、

「そんなこと、娘だもの……」

そういう時は正気に戻るのでしょうか、嬉しそうに笑う顔は、若い頃の華やぎを取り戻したかのように、良い顔になるのです。

チヨさんはいつも窓際に佇《たたず》んで、ボーッと外を眺めているのが、日課のようになっていました。

私が夜勤の時のことです。八時の消灯時間が来ても、窓際から離れようとしません。

ベッドに誘導しようとして声をかけると、チヨさんは理解しがたいことを言うのです。

「ほら見て！　看護婦さん、あそこでお祭りやってるよ。灯りが点《つ》いて、あんなに人がいて、賑やかだねぇ」

チヨさんの指差す方向は広い墓地です。

見上げると、冬の空には満天の星。青白く皓々《こうこう》と輝く満月。不気味なほどの静寂の中で、墓石は白く凍えているように私には見えました。

「あそこ、お墓じゃないの？」

私は背筋がゾッとしました。

「だけど人がいて賑やかだよ」

「そーお？　皆何しているの」

「いろんなこと。だってお祭りだもの……。楽しんでいるのよ」

昔、貧しい旅人のために、墓場が宿泊場所として用意されていたということです。チヨさんは博識な人だから、多分そのことを知っておられたのでしょう。

心の中の目で、物が見える人になっていたのでしょうか。

他の夜勤者にも、同じことを言っていたようです。

それから半月後、チヨさんは肺炎を患い、病院に入院されました。

チヨさんが亡くなったという知らせを聞いたのは、それから二カ月ほどたった沈丁花《じんちょうげ》が香る頃でした。

世にも不思議な出来事が起こったのは、その年の旧暦のお盆、八月十三日のことです。

施設の正面玄関の自動ドアが、勝手に開閉し始めたのです。

センサーが働くから、ドアの近くから直ぐ離れるようにと注告を受けて、職員は皆気を配っていたにもかかわらず、いっこうにドアの開閉は止まりません。

急いで故障の点検を受けたようでしたが、異常なしということでした。

苦りきった様子で、事務長が墓地を指差して、

「お向かいさんが遊びに来るんだよ。お盆じゃないか」

冗談のつもりで言ったのでしょうが、

「あっ、そうか！」

案外的を射ているのかも知れないと、職員の誰もが納得したのです。

それからはドアが開く度に、

「いらっしゃい、ゆっくりして行ってね」

誰言うともなく、見えない相手に向かって声をかけたのです。

皆、大らかな優しい気持ちになり、受け入れ態勢は万全でした。

ケースワーカーの山下さんは、お茶菓子をテーブルの上に用意しました。

十三日の朝はポツリポツリだったドアの開閉が、昼ごろになると分刻みの二、三分おきになりました。それはちょうど人一人が行き来する位の間隔なのです。

夕方になると、なぜか開閉する回数が減ってきました。

翌日十四日も同じような現象が起こり、十五日の午前中は数回、昼ごろから回数が減り、午後になると不思議なことに、その現象はピタッと止まったのです。

「お盆も終わりだね」

事務長の言葉に、皆淋しく思ったから不思議です。

「ここの入居者も、来たのかなぁ?」

と、介護士の坂本さん。

「もちろん来たさ!」

介護主任の言葉を疑《うたぐ》る人はいませんでした。

「チヨさんも来たのかしらね」

期待しながら私が言うと、嬉しい言葉が返ってきました。

「チヨさん? ああ橋本チヨさんね」

「来たよ。きっと!」

「そうね。来たよね!」

「懐かしいねぇ……」

そう言って、杖をついたチヨさんが、ニコニコしながら立っていたような、不思議な感覚でした。

その次の年はどうだったのかは、私はその年の暮れに退職したので、知る由《よし》もないのですが……。

# オルゴール人形

佐野由美子《さのゆみこ》
（三重県・37歳）

忘れもしない現在《いま》から二十二年前の年の暮れのことです。

我が家は、家族全員で年末の大そうじをしていました。私は一人っ子。家族といっても、父、母を入れて三人です。そうじは大変でした。

まず、お客さんの入る可能性が高い応接間と仏間をそうじして、最後に〝真ん中の部屋〟が残りました。

〝真ん中の部屋〟というのは、応接間と仏間の間にある部屋のこと。古いタイプの日本家屋で、部屋が襖《ふすま》や木のガラス戸で細かく仕切られていたのです。

仏間と真ん中の部屋の仕切りは襖でした。真ん中の部屋には、母が嫁入りする時に持ってきたタンスが三棹《さお》並んでいました。洋服ダンスが二棹に、和ダンスが一棹。タンスの高さが違うところを、人形ケースに入った人形や置き物でごまかしていたようです。

人形ケースに入った人形が二体。ケースに入っていない人形が一体。

まずケースに入っている人形をきれいにしようということになり、落とさないように慎重にケースを畳の上に降ろしました。藤の花を持った日本人形のケースのほこりを払い、西洋人形の入ったケースを絞った雑巾で拭きました。

その次に、一体残った人形をそうじしたのです。

その人形は、赤いドレスの西洋人形で、多分なにかのお祝いにもらったものだったのでしょう。顔や手も布地でできていて、スカートの下はオルゴールになっていました。あまり裕福ではなかった我が家には、不似合いな上等な人形。

オルゴールを回してみると〝エリーゼのために〟が美しく響きました。

赤いドレスには、ほこりがたっぷり積もっていました。それを根気よく払い、元の位置に戻したのです。

その夜のことでした。

仏間に〝川の字〟になって眠っていた私たち家族は、小さな音で目を覚ましました。

「何やろ？」

と母が言い、私も布団の上に起き上がりました。

ピーン
また、音がします。

部屋の電気をつけて、おそるおそる真ん中の部屋に続く襖を開けました。

すると。

タンスの上に並べて置いてある人形。

あの赤いドレスの人形が、少し横を向いていました。

ピーン
また音がして、人形が少し回りました。

オルゴールが鳴ると人形が回る仕掛けになっていたので、音とともに人形が動いていたのでした。

きっと、そうじをした時にオルゴールが回り切らず、すきま風で鳴ってしまったに違いありません。

そう思うことで、なんとか平常心を保とうとしていたのかもしれません。なので、

「なんか気持ち悪いなぁ。こんな夜中にオルゴールが鳴るやなんて」

素直な母の言葉に、私は苛立ち、

「そんなこと言わんといて！　そうじしたから鳴っただけ。大丈夫‼」

と言っていました。本当は、とても怖かったのです。

でも、ここで怖がるともっと恐ろしいことが起こる気がして。

私は何も恐れていないふりをして、

「風で鳴ってしまったんよね？　もう大丈夫よね」

半ば自分に言い聞かすように言い、人形を正面に向けました。

顔の側面のスジがつるというか、背中のうぶ毛が逆立つというか……。言葉にできない不思議な感覚に襲われ、私は人形の目を見ることができませんでした。

それからは眠ろうとしても少しも寝つけず、十五歳にもなるのに、隣に敷いてある母の布団にぎゅっと寄っていました。

（大丈夫。だって私、なんにも悪いことしてないもん!!）

必死にそう思い、朝になるのを待ちました。

長い長い夜が明けて。

その後、オルゴール人形が鳴ることはありませんでしたが、その年から、年末のそうじの後には、赤いドレスの人形のスカートの上にそっとおもしになる物を乗せるのが、我が家の不文律になりました。そして私は、なんとなく〝真ん中の部屋〟に足が向かなくなったのです。


年月が流れて、私が二十三歳の時、母が亡くなりました。

〝ど〟がつくほどの田舎に住んでいるので、お葬式を葬儀会館でとり行う習慣はなく、自宅葬でした。

それでなくても狭い家です。町内会の人や葬儀社の人が家中を片付け、なんとか会場ができ上がりました。

仏間から真ん中の部屋に続く襖も取り払われていました。

家中の壁や家具に白い布が張られ、まるで違う家に迷い込んだようでした。

お葬式が終わり、ばたばたしたお参りの日々が過ぎ……ふと落ち着いた時、あの赤いドレスの人形がなくなっていることに気づきました。他のケースに入った人形は、元の位置にあるのです。

(小屋に入れてあるのかも)

と思い、その時はそれ以上さがしませんでした。というのも、他にもポットや時計など、ダンボールに入れられたままになっている物もたくさんありましたし、いろんな人の手が入ったので、ない物はすべて小屋にあるだろう……というくらいに考えていたのです。

そして、そのまま人形のことは忘れてしまいました。


数年後。

友だちと箱根旅行に出掛け、オルゴール館のような所へ行きました。

「これ、かわいい!」

と、友だちが手にした小さなジュエリーボックス。ふたを開けると流れたのは、あの曲でした。

そう。〝エリーゼのために〟。

(そうだ。あの人形、どうしたんだろう?)

人形のことを思い出した私は、帰宅するとすぐに小屋の中をさがしました。

もう何年も経っていますが、ずぼらな父と私なので、小屋の中はまだ葬儀の時のダンボール箱などが散乱していました。

でも。

どこをさがしても、あの赤いドレスのオルゴール人形は出てきませんでした。

あったらあったで怖いのに、見つからないことがひどく怖かったのを覚えています。

いつの間にか、いなくなったオルゴール人形。

現在でも、実家へ行って〝真ん中の部屋〟を通るとき。

ケース人形が二体並んだその横の、少し空いた空間を見ることが怖くて……。私は、どうしても早足になってしまうのです。

# 気配

岩城万理《いわきまり》（青森県・57歳）

あの時襖《ふすま》の向こうにいたのは誰だったのか。私は恐ろしくてそれを確認することができなかった。いや、もし「誰！」と叫んでいたら、私はそいつに襲われてエイリアンのように食い殺されていたかも知れないと思うと、恐怖とともに自分の愚かさ、幼さにゾッとするばかりである。

もう四十年も昔のことで出来事の輪郭はすっかりぼやけてしまったが、高校一年生くらいの時であった。季節は寒い時期ではなかったと思う。当時、我が家は福島県に住む父とは訳あって六年前から別居中で、母と私は父からの仕送りを受けながら、宮城県仙台市に一戸建ての小さな庭がついた借家で暮らしていた。その家は目の字型の間取りで、一番上が玄関と居間が一緒になっており、真ん中が母の寝室、奥が私の寝室兼勉強部屋に使っていた。

母は女所帯のため、ことのほか戸締りには用心し、在宅でも家中の鍵を掛け、私が一人で留守番する時などは、玄関に誰か来ても滅多なことでは鍵を開けるなと注意をしていた。そのため私は留守番をしている時、玄関の曇りガラス戸を叩く音がしても、それがたとえ郵便配達（電報となれば別だが）でも、近所の住人でも、米や灯油の配達人であっても居留守を使い絶対に開けなかった。正直に告白すれば、用心というよりは、私は人見知りの激しい少女で、親しい人以外の大人と話をするのが面倒くさかったからなのだが。それゆえ時々本末転倒になって、母に「来た人が分かってるのに居留守を使ってどうすんの！」と叱られたりしたものだ。

その日も母がどこかへ外出中で、私は奥の部屋で机に向かっていた。時刻は憶えていないが、外が明るかった印象があるので夕方になるにはまだ間があったころであったと思う。誰も来なければいいと思う時に限って玄関の戸を叩く奴があるものだ。

その日も訪問者があり、「ドンドンドン」と戸を叩く音が部屋中に響き、ガラスの耳障りな金属音のような振動が部屋中に伝わってきた。しかし私はいつものように居留守を使った。通常は二、三度叩いても家人の反応がないと訪問者は諦めて帰っていく。

ところが、そいつは間隔を置きながら玄関の戸をしつこく七、八回ほど叩いてようやく手を止めた。やっと諦めて帰る気になったかと胸を撫で下ろし、静けさが戻ったと思った間もなく、突然そいつが玄関から家の壁と板塀との隙間に進入し居間の窓ガラスを叩き出したのである。

「な、なんだ！」

と私はその時初めて尋常ならざる状況を感じた。窓も曇りガラスになっていたので、人影は見えるが正体は分からない。私は真ん中の部屋まで来ると、ここで声を出すべきかどうか迷った。さっきまで何度も玄関を叩くのを聞きながら無視してきたのに、今更「どちらさんですか」と問うのも不自然な気がしたのだ。居眠りしていたので気がつかなかったと嘘をついて窓を開けるべきか、と考えたが、急に恐怖が襲ってきて前に進めなかった。

第一、普通の人間なら留守だと思えば素直に帰るはずなのに、執拗に窓ガラスまで叩いてくるこいつは少しおかしい。空き巣か泥棒か。私は心臓がバクバクしながらなにもできずに立ち尽くしていた。

やがて恐怖は頂点に達した。影の主が窓枠からガラスを外そうとしたのである。

「大変だ！」そう呟いた私は自分の部屋から縁側に出て庭先へ逃げるべきであった。居間からは母の寝室の出入り口が少し脇にそれ、箪笥が壁になっていたため、奥まで見通せず気づかれずに隣の敷地へと逃げられたのだ。それなのに私はなんと臆病でドジな子であったことか。

自室まで後ずさりしたものの、私はその場から逃げることができず、部屋の仕切りである襖の前に身を潜めたのである。

ガシャガシャと音を立てながら窓ガラスはついに外され、そいつは手摺りを乗り越えて部屋に侵入してきた。今でも不思議なのは塀の向こうは路地になっていて通行人に目撃されてもおかしくなかったはずなのに、不運なことにたまたま人が通らず、板塀の高さが大人の背丈ほどあったために、見つからなかったのかも知れない。

そいつは居間から真ん中の母の寝室に、そして私の部屋近くへと歩み寄ってきた。

(どうしよう！　見つかる！)

絶体絶命。全身が恐怖でわなわなと震えた。だが、ここで奇跡が起こった。無意識にとった私の行動が窮地を救ったのである。それは襖を全部締め切らなかったことであった。私は動揺のあまり襖の半分を開けたままにし、襖と縁側の窓の隅に息を殺しながら立ち姿で隠れていたのだ。

そいつは真ん中の部屋から半分開いていた襖越しに奥の部屋を覗いたに違いない。そして端っこに隠れていた私に気付かず、そのまま踵を返して居間の方へ戻っていったのである。しかも、そいつは再び窓から外に出ると、窓ガラスを枠に収めて元通りにし、悠然と立ち去った。この奇妙奇天烈な事件は私に恐怖心だけを残し、あっけない幕切れとなった。とは言え、この出来事を帰宅した母に一言も報告しなかった自分はなんと間抜けで馬鹿な子どもであったろう。

思うに、まだ動揺が収まらず冷静に説明ができなかったのと、それ以上に逃げなかったことを母から叱責されるのを怖れたからだ。それに何も盗まれた物もなく襲われたわけでもない、と自分に言い聞かせたのだ。部屋に足跡が残っていたかどうかは、あまりに昔のことで記憶にないが、母がなにも気がつかなかったのだからなかったのであろう。

しかし、あの襖一枚を隔てた向こうに確かに誰かがいて、私にはその気配が伝わってきていた。もしかしたら侵入者も私の気配を感じていたのではないだろうか。それならなぜ襲ってこなかったのか……。

今となっては知るすべはない。とにもかくにも十六歳だった私は難を逃れた。

少し落ち着いてから、あの不審者は一体誰だったのかと考えた時、実はあいつではないかと思う人物が一人浮かんでいた。それは福島から母が私を連れて家を出た最初の三年間ほど、漁港のある塩竈《しおがま》市で暮らしていたのだが、その時不動産屋の紹介や、私の学校のことなどで世話になったSという男である。Sについてはどういう縁で知り合ったのか、母から詳しい説明はほとんどなく、ただ、元教師で、出会った時は定年になり教育委員会に勤めているということだけを聞かされていた。年のころは六十二、三、小柄で痩せ気味で、酒と煙草と加齢臭とが混在した不快な体臭の漂う赤ら顔のSを、私は最後まで生理的に好きになれなかった。

だが妻子のいたSは母にご執心で、三日とあけず家を訪ねて来ては、茶を飲み食事をしながら世間話をして帰るという行為を繰り返していた。私が学校から帰って来ると、家に母と

Sがいたこともあった。母は世話になった恩義があったせいか、持ち前の社交性もあって機嫌よく応対するので、私は思春期特有の正義感と不快感が募り、母にも不信感を強く感じたものであった。ところが、理由は分からないが、二年ほど前から母がSを避けるようになったのである。自分の留守中にSが訪ねて来ても中に入れるなと私に言うようになり、別のアパートに住んでいた時など、締め出されたSが開いていた窓からぬっと顔を出して居留守の私を驚かせたことがあった。媚《こび》を売るような笑みが爬虫類のようなぬめぬめとした感触を感じさせる気味の悪い男で、こんな男が先生をしていたとはとても信じがたかったほどである。

あんな非常識なことをするのはSしか考えられなかった。しかし私は事件の顚末《てんまつ》を母には一切語らなかったので、Sへの疑惑も胸に封印してしまった。その事件の後、Sが訪ねてきたかどうかはまったく記憶にない。それから一年ほどしてSは病気で亡くなったと母から聞いた。それを知った時の母の顔が安堵に包まれていたのを私は今も忘れられない。

あれから四十年以上が経ち、母は七十歳を過ぎてから父の元に帰ったが、二十年前に黄泉《よみ》の国に旅立った。この一件はむろん私しか知るものはいない。本当にあの日、侵入したのはSだったのか、襖の向こうでそいつも私の存在を感じ取っていたのか。なによりも侵入者の目的はなんであったのかすら定かではない。

忌まわしい記憶が完全に消えてくれるならいいのだが、確かに現実に起きた出来事だったと言えるあのことだけが未だに忘れられないのである。
襖を隔てたその前に、そいつは確かにいた、という「気配」である。

目

Setsuko

（北海道・55歳）

明日は友人、薫の誕生日だったので電話を入れて彼女の欲しい物を聞いてみた。

「プレゼントは何がいい？」

「クレージュのトレーナーが欲しいんだ」

「じゃあ明日の夕方、喫茶店で待ち合わせて一緒にそれ買いに行こうよ」

私は店に出勤する前に先ず銀行のキャッシュコーナーに立ち寄った。お金を下ろすのは明日でもよかったのだが、私は用意周到にしておかないと気が済まない性質だったのだ。

それに財布の中には二千円しか入っておらず、これじゃあ一流クラブのホステスなんて言えやしないだろう。私は少し余裕を持って十万円下ろすと、そのまま店へ向かった。

私と薫がもし同じ場所で働いているのなら彼女に現金を渡すのが一番楽だったのだが、数カ月前に薫は他の店に移っていた。

その夜、店に彼氏から電話が入った。

「夜中の二時過ぎに部屋の方に行くからさ」

彼は車で地方に出張していたのだ。

私は仕事を終えると真直ぐに帰宅した。

時計を見るとまだ零時をちょっと過ぎたばかりだった。私は着替えと洗面を済ませると読みかけの推理小説を持って寝室に入った。

その前にバッグを開け財布の中身を確認すると十万円は間違いなく財布に入っていた。

じっと横になったまま本を読んでいると少し眠気が襲って来た。枕元の時計は二時十三分だったが彼氏は戻って来てはいなかった。

私は本を閉じ少しの間、目を瞑《つむ》った。

すると居間の方でコトンと音がしたような気がした。ようやく彼氏が戻って来たのだと思ったが、私は狸寝入りを決め込んだ。

だが、いくら待っても彼氏はこちらにやって来る気配がない。いい加減痺《しび》れを切らした私はベッドを抜け出した。紛れもなく人の息遣いは私の耳元まで聞こえて来ているのに彼氏は暗闇で一体、何をしているのだろうか。

その時、私は嫌な予感がした。

いくら悪戯好きな彼氏といえども、約二十分近くも暗い居間に潜んでいるわけがない。

なぜなら彼は何時間も車を運転して帰って来たのだから疲れてヘトヘトなはずだ。

私は徐《おもむろ》にキャディバッグからアイアンを取り出すと居間の方に歩いていった。

「ねえ帰ってきたの？」

しかし返事はない。なのに人の息遣いはやはり耳元に聞こえて来る。私の頭はパニックになった。誰か部屋にいるのだろうか……。

私はドアの陰に隠れて身を潜めていた。

それからどれくらいの時間が経っただろうか。スーッと金縛りが解けるように人の息遣いも聞こえなくなった。朝になっても彼氏はとうとう帰っては来なかった。

昼過ぎに能天気な声で彼氏から電話が入った。途中で睡魔に襲われ、暫《しばら》く車の中で眠ってしまったのだ、と言う。

私は身支度を整えると薫との待ち合わせ場所にタクシーで向かった。タクシーを降り、料金を支払おうとして財布を開けると一円のお金も入っていなかった。小銭すらもない。

私は驚き、とにかくタクシーを待たせて薫から千円を借りるとタクシー代を払った。

寝室に入る前、財布の中は確認したはずだ。

その時には十万円は確かにあった。

今日は朝から何処にも出かけていないし、私は何が何だかわからなくなった。

取り敢《あ》えず私は薫のプレゼント代だけ銀行から引き出して買い物だけは済ませた。

その夜、同じ店で働く女性が私の部屋に遊びに来た。彼氏はまた地方に出かけていた。

「ねえ、風もないのに何で部屋のドアがさっきから揺れているの？」

彼女はドアを見て不思議そうに言った。

「あら、本当だね」

玄関のドアを確認したが、別段何も変わった様子はなかった。ロックもされていた。

しかしドアについている新聞受けの蓋がカパンと開いていた。きっとそこから風が入って来たのだろう。私は蓋を閉じようとして何気なく新聞受けを覗いた。

すると、そこに二個の目玉があった。

私は思わず悲鳴を上げた。

「どうしたの？　何かあったの？」

「そこに目玉が……。新聞受けから誰かがこちらを覗いてるの」

彼女は怖がりもせず、玄関のドアを開けて周りを確認してくれた。

当時、私が住んでいたマンションは建物の一階で外に玄関がついていた。

「誰もいないよ」

彼女はそう言ったが夜中の人の息遣い、忽然《こつぜん》と消えた十万円。何かやっぱり変だ。

私は一人でいるのが怖くなり、行きつけのスナックバーのマスターに電話を入れた。

マスターとは兄妹のような付き合いをしていた。マスターが部屋に来ると彼女は安心したようにタクシーに乗って帰宅した。

マスターは部屋に入るなり隣の洋室のカーテンを開いて二重になった窓を開けようとした。

窓の向こうは児童公園になっていた。

「こんなとこに潜んでいることもあるからな」

そう言いながら窓を開けると、何と窓の真正面に革ジャンを羽織った男が立っていた。

「おい、こらぁー、何やってんだぁー」

マスターは急いで外に出て男を捕まえようとしたが、男は逃げてしまった後だった。

「お前、誰かに狙われてんじゃないのか」

狙われるような覚えはなかったが、お金がなくなったのも今の男と関係があったのだろうか。そういえば、あの夜ベランダの鍵が掛かっていたかどうか不確かだった。

昼間はよく部屋の空気を入れ替えるためにベランダを開けていることが多かったからだ。

翌日からは彼氏と帰宅するようにしたが、彼氏もよく出張に出かけていたので毎晩私と一緒に帰って来るのは不可能だった。

そんな時はタクシーの運転手さんに頼み、私が部屋に入るまでを見届けてもらった。

早くに警察にでも被害届けを出せばよかったのだが、決定的な証拠もなかったので私は少し躊躇《ちゅうちょ》していた。

また今夜もタクシーの運転手さんに見守ってもらいながら私は玄関に向かった。すると階段の壁に革ジャンの男が後ろ向きにぴったりと張りついて立っていた。

私は驚きのあまり声も出せず、急いでタクシーに戻るとマスターの店に向かった。

「警察に言わないと駄目だって。何かあってからじゃ大変だぞ」

「うん、明日にでも電話する」

明け方近くまでマスターの店にいて、私は彼に送られて部屋に戻った。彼はまた私の部屋の周りを確認してくれたが、その時点では何も変わった様子はなかった。

私は着替えもそこそこに直ぐさまベッドに潜り込んだ。ここ数日間の出来事で私は心身ともにクタクタだったからだ。ベッドに入った途端、私はストンと眠りに陥ってしまった。

しかし一時間位もすると私は突然、目を覚ました。外はもう随分と明るくなっていた。カーテンの隙間から朝の光りが燦々《さんさん》と差し込み、小鳥のさえずりも聞こえていた。

私はもう少し眠りたくてカーテンの隙間を閉じようと体を起こして後ろを向いた。

するとカーテンの隙間に一個の目玉があった。隙間から私の寝姿を覗いていたのだ。

私はブルブル震え、なす術《すべ》もなかった。

すると突然、電話のベルが鳴った。まだ朝の五時だ。私は恐る恐る受話器を取った。

電話はマスターからだった。

私は泣きながら今の出来事を話した。

もう狙われていることは確かだったので意を決し、今日は必ず警察に連絡をすることにした。

まだ眠りから覚めやらぬ朝九時過ぎに玄関のチャイムがなった。もうこの時間なら周りの住人も起きているし、管理人さんもいる。

私はそれでも少しドキドキしながら玄関のドアを開けると二人の男の人が立っていた。

「早い時間に申し訳ありません。こちら中央署のものですが、ちょっと確認させて頂きたいことがあったものですから……」

二人の刑事は警察手帳を出し、私に一枚の似顔絵を見せた。服装の特徴を見て私は愕然とした。茶色の革ジャン着用となっていたからだ。顔はよく覚えていないが、気味の悪い目だけは私の脳裏にまざまざと残っていた。

それはじっと動かない異様な目だった。

「あ、この男。知ってます。実は……」

私はうわずった声で、しどろもどろに今までの経緯を刑事たちに話した。

「何かなくなったものとかありませんか？」

「十万円の現金が……。いや、でも盗まれたという確かな証拠もないんで。ただ、お財布から現金のみが消えたのは確かなんですが。で、その男は泥棒か何かなんですか？」

「強姦殺人犯で全国指名手配中です。数件の強盗も働いていますがね」

「ご、ごうかんさつじん？　それはいつ？」

「今から六日前に女性が絞殺されています」

「えーっ、六日前ですか？」

六日前、と言ったら夜中にあの息遣いが聞こえた日ではないか。私は身体の力が一遍に抜け、ヘタヘタと床に座り込んでしまった。

「現金があったから、その日はそれを持って逃げたのでしょうね。もし現金を持ち合わせていなかったら大変危険でしたね。とにかくまた詳しい話を伺いに参ります。今夜から警官がずっと見張っていますから、ご心配なく」

それから数日後、犯人は無事逮捕された。

私は翌月、彼氏にお金を出してもらいセキュリティーのしっかりしているマンションへと引越しをした。だが私は長い間、不眠症に悩まされ続けた。もちろん、推理小説など読みながら眠りにつくなんて以ての外だった。

じっとこちらを窺っていた動かない「目」。

それは推理小説など比ではないくらいの恐怖だった。今も誰かの目がじっとこちらを窺っているような気がしてならない。

用意周到な性質。これが私の難を救ってくれたのかも知れない。

# 次の角を右へ

具志堅《ぐしけん》　都《みやこ》
（沖縄県・50歳）

半年ぶりに麻希子と裕子の女友達三人で食事をした。

その日は最近起こったストーカー事件のことが話題になった。それは四十代独身の男が飲食店従業員の女性を一方的に好きになり、女性を殺して自分も自殺するという悲惨な事件だった。四十代で独身、きっとそれまで女性との交際もなく、まじめ人生を送ってきたのだろうね、などとワイドショーのコメンテーターのようなありきたりの会話の後、看護師をしている麻希子が話し始めた。

三年前、麻希子は勤めている病院の近くの看護師寮に住んでいた。仕事を終えて部屋に帰ると中に男がいた。男は麻希子が担当した三十代の胃潰瘍《いかいよう》の患者で、一週間ほど前に退院していた。

部屋のドアを開くと、玄関から続くキッチンのダイニングテーブルの椅子に男が腰かけていた。男は麻希子を見ると、

「おかえり、遅かったね」と言った。

麻希子は思わず「ただいま」と答えてしまい、小さな声で「失礼します」と言いながら、開いた扉をそのまま引いて後ろ向きに部屋を出ると、急いで寮母のところへ行き警察へ通報した。男は寮母に麻希子の弟と名乗り部屋へ入っていた。

私たちは男が部屋にいたという恐ろしさよりも部屋のドアを開くと男がいて「おかえり」と言い、麻希子がそれに「ただいま」と答えながら、ドアを閉めた光景を想像して「麻希子、その切り返しいいね」といいながらお腹を抱えて笑った。

今度は裕子が一人暮らしを始めた頃の話をした。

裕子は高校を卒業すると大学の近くのアパートで一人暮らしを始めた。裕子が高校生まで住んでいたのは海辺の小さな村で、昼間は家のカギなどかけたことがなかった。そんな習慣の中で育っていたので、アパートで一人暮らしを始めてもカギのことなど気にしていなかった。それは夏の夜のことだった。その日は休日で、初めての一人暮らしがうれしくて一日中部屋でテレビを見て過ごした。横になって見ているうちに眠くなりうとうとしていた。その時、突然ドアが開き、見知らぬ男が入ってきた。男は後ろ手にドアを閉め、鍵をかけると何も言わずに部屋の中へ入ってきた。裕子は何が起こったかわからず、ただそれを見ていた。

「ああいう時って声も出ないものよ。瞬間何が起こっているのか理解できないのだもの」

男は靴を履いたまま部屋に上がり、裕子に向かって歩いて来る。身動きできないまま頭の中が真っ白になり、周りの音が消え、時間の流れがスローモーションのように遅くなった。恐怖というよりも突然の出来事に身体が反応しないのだ。それはほんの数秒間のことだったが、その時偶然にも、窓の外から救急車のサイレンが聞こえた。暑い夏の夜、部屋の窓を開けていたので、サイレンの音がより大きく聞こえたのだ。男はその音に一瞬怯《ひる》み、だまって部屋を出ていった。男が出て行った後、腰が抜けたように動けないまま、遠くなるサイレンの音を聞いていた。

その後も三人で話は弾み、次の食事会の約束をして帰る頃は午前零時を回っていた。麻希子と裕子は帰る方向が同じなので二人でタクシーに乗り、私は一人でタクシーを拾い、行き先を告げた。

自宅まで約三十分、外の風景を見ながら、さっきまでの会話のことを考え、身近で起こっている出来事に驚いた。一瞬の気の緩みで取り返しのつかないことになる。みんな危険と隣り合わせのところで生きているのだと思った。

国道を二十分ほど走ったところで、

「その信号を右折してください」と言うと、

「はい」と運転手が答えた。

そこからはいくつかの角を曲がって五分ほどで家に着く。すると次の角の手前で運転手が
「次を右ですね」と言った。

「えっ、はい」

一瞬で目が覚めた。

「どうして」と考えているうちに次の角が来た。

すると今度は「ここは左ですね」と運転手が言う。

今度は声が出なかった。運転手は私の返事を聞かずに左折した。

運転手は私の家の場所を知っているということなのか。

知り合いなのかと思ったが、それなら乗った時に声をかけてくれるはずだ。

バックミラーに映る目にも見覚えがない。

私の家はここから二百メートルほど先を右に折れたところだ。

運転手は本当に私の家を知っているのだろうか。

当てずっぽうで「右、左」と言ってみたら当たっていただけなのか。

以前に乗車したことのあるタクシーということも考えられるが、普段は自分で運転するのでタクシーを利用するのは数年ぶりだ。

確かめてみたい気もしたが、もし家の前で車を止められたらどうする。

もし知っているのだとすると、どうしてこの見知らぬ男は私の家を知っているのだろう。

最後の曲がり角が近づいてきた。

私は家の前まで車を着けることが怖くなった。

最後の角の手前で、

「ここでお願いします」と私は言った。

運転手は静かに車を止めた。

運転席と助手席のシートの間に料金を置くと運転手は黙ったまま受け取り、後部のドアを開く操作をした。車を降りる瞬間、運転手が振り返り、目が合った。

運転手はその薄い唇に小さな笑みを浮かべ、

「次の角を右に曲がって三軒目」と言うと、静かに車のドアを閉めた。

私は声も出せずに遠ざかるタクシーのテールランプを見つめていた。

# 冷たい唇

阿《あ》部《べ》高治《たかはる》
（京都府・26歳）

その夜は、六月の梅雨の時期でいつもより湿気が強かったのを覚えている。零時には床についていたけど、なかなか眠れずに夢の入り口をさまよっていた。体は疲れきっているのに頭が変に冴えている状態で何度も寝返りをうった。眠気が訪れるのを静かに待ちながら。

時間がどのくらいたったのかも分からなくなった頃、突然、部屋中に鈍い足音が響き渡った。ドスッ。ドスッ。ドスッ。部屋中をぐるぐる回るように歩いていた。脂汗《あぶらあせ》が体のあらゆるところから静かに流れた。僕は、ただじっとしているしかなかった。それもそのはずで、泥棒が入ってきたのだと思っていた。ここで目を開けば殺されるんじゃないかと、嫌なドキドキ感が体をかけ巡った。

ドスッ。ドスッ。ドスッ。

ドスッ。ドスッ。ドスッ。

数分が経過した時、足音が僕の足元の方で止まった。どうしたんだろ⁉　と思った瞬間、重いものが体にのしかかってきた。息が止まってしまうんじゃないだろうかというぐらい勢いがあった。そして、その重みが金縛りに移行して、完全に動けない状態にされた。必死で金縛りを解こうと体を動かすのだが、無駄だった。恐怖心が最高潮に達した時、唇に何かが触れた。それは、冷たいけど柔らかくて……すぐにキスだと分かってしまった。

あまりにも突然で、頭の中が真っ白になっていた。それでも目は、どうしても開けることができなくてじっとしていると、何事もなかったように体も軽くなり、唇の感触もなくなっていた。幽霊にキスされたという、なんだか複雑な気持ちが心の中に充満して、途方に暮れているうちに眠ってしまっていた。

次の日は、昼過ぎに起きて、昨晩のことをいろいろ考えたけど、勝手に夢だったと思うことにした。ただ、あの冷たい感触はずっと残っていた。その日は学校があったけど、心の整理をするためにも自主休校にしてダラダラと過ごすことにした。幽霊もキスしたいと思うのだろうか？　まぁ元人間だし欲求もあるのかも……、まさかの生き霊か⁉　とか、結局、忘れることができずに時間だけが過ぎていった。

すっきりしないまま夜を迎えて、昨日のことがあるので電気をつけたまま床についた。この夜は、いい具合に眠気がやってきた。ところが、すごく心地よく眠れそうかなと感じた瞬間に金縛りに襲われたのだ。マジでぇ～‼　と思っているうちにまたあの冷たい唇が僕の唇に重なった。あ～っと、なんか気を抜いてしまって、間違えて目を開けてしまった。そこには、黒髪で目の鋭い女の人が……いた。どうすることもできずに何もかもが止まってしまったかのような感覚が数秒つづいた。

その後、黒髪の女は急に浮いて、じっと僕を見つめたまま、

「何か聞きたいことはない？」

と、つぶやいた。僕は、何を思ったのか、次の日出かける予定があったので、

「明日の天気は何ですか？」

と、意味不明なことを聞いてしまった。

数秒、世界が止まった後、

「馬鹿じゃない……さよなら」

そう言って、女は消えた。

金縛りも解けて、僕はそのまま眠ってしまった。

次の日、一緒に遊びに行った女友達にこの話をしたら、最初は気持ち悪がっていたのに、幽霊との会話の話になった途端、「女心が分かってない」と散々責められた。彼女が言うには、黒髪の女は、僕のことが好きで、最後の質問は女自身のことを聞いてほしかったんじゃないかと推測できるらしい。

「天気ってなんだよ！　そりゃ、さよならって言うよ」

と、意味も分からず怒られた。

でも、結果的には、この変な質問のおかげで黒髪の女からも解放されて、めでたしめでたしと幕を引くことができたのだから、僕自身は安堵感でいっぱいだった。


でも、その後二年くらい経った夜に、また怖い経験をすることになった。その間二年間、この話をネタとして、いろんな人に話しまくっていた。怖い話はウケるし、会話のつまみにもなる。少しデフォルメして笑い話にした時もあった。そのツケがまわってきたような夜になってしまったのだ。

偶然なのか、その夜も六月の湿気の強い日だった。あの夜と同じで眠れずにいると、背中に何かがいるのが分かった。一瞬で寒気が走った。出たっ!! と緊張感が体をこわばらせた。背中から、冷たいものが僕の体を包んで、耳元で小さく声がした……。

「なんであんなにしゃべったの……」


その後のことは、全然覚えていない。ただ、冷たい感触だけがずっと体に残っていた。

# 隣のベッドのおばさん

小西正孟《こにしまさたけ》
（大阪府・71歳）

腎不全で意識不明になり、救急車で否も応もなく、病院に担ぎこまれた。ICUで一週間を過ごし、その間に尿管を塞いでいた石を押し上げる手術をされ、人工透析も朝に晩に受けさせられた。人工透析は痛くも痒《かゆ》くもないが、終ったあとの脱力感は、どこから来るのだろうか。

ICUの部屋の患者は、手術後すぐの重体患者がほとんどなのだが、意外に早く次々と重症ベッド（看護師詰所前の部屋）に移されてゆき、そこで危篤になる人はほとんどない。

私もその例にもれず、重症ベッドに移された。ここは男女混在の部屋である。

ここで隣のベッドにいたのが石井のばあさんで、会った瞬間に金棒引きらしい雰囲気を発散しているばあさんに、嫌な予感がした覚えがある。

とにかく相手構わず、よく喋るおばさんで、看護師、医師、ヘルパー、清掃員等、部屋に入ってくるあらゆる人を捉《つか》まえては、どこが重症患者なんだと呆れるほどに喋りまくる。

これは大変な人の横に来たな、早く一般病棟に移してもらわないと、と一時は身に沁みて感じたものである。それくらい何にせよ煩《うるさ》い。

この病室に移ってから三日目に、向かい側のベッドに寝かされていた患者が亡くなった。私にはこの人が朝御飯を、きちんと食べ終ったように見えた。それから一時間ほど微睡《まどろ》んでいたようだったが、その後に容態が急変して、医師と看護師四人が駆けつけ、蘇生に向けて懸命の努力をしていたが、その甲斐もなく午後二時過ぎに旅立った。

このあっけない死様に、私は吃驚《びっくり》してしまった。慌しい空気の中、昼食も摂《と》らずに茫然と眺めている私に対し、石井のばあさんは、三本の歯が抜けた口を、私の方に突出すようにして、馬鹿にしたように、

「儂《わし》が思った通りじゃ。医者は矢張り助けられんかったなあ。儂には見えたんじゃ。今朝、窓際に光の柱が立って、間もなくその光に導かれて、あの老人の霊魂が出てゆくのを」と言う。

私はぞっとしたが、そもそも霊魂なんて信じない方だから、そんなことがあってたまるかと思うと同時に、思わずかっとなって、

「好い加減なことを言うな。あの人は今朝もちゃんと御飯を食べていたじゃないか」と怒鳴ってしまった。すると石井のばあさんは、さも軽蔑したように、

「それだから真実《もの》の見えていない馬鹿は困るんじゃ。あれは食べていたのではない。食べるふりをしていただけじゃ。嘘と思うなら、あの老人の今朝の朝食量を看護師にでも、聞いて

みるがいい。きっと食べ残していたはずじゃ」と譲らない。

腹が立っていた私は、それを看護師に尋ねてみた。すると驚いたことに、返って来た看護師の答えは、

「亡くなった土岐さんは、今朝の食事を、食欲がなかったらしく、そのほとんどが残されていたとカルテに書かれている」とのことだった。

「儂の話した通りだったろう」と言わんばかりに、石井のばあさんは私の顔を見て、へへへと笑った。憎らしいばあさんだ。

それにしても不思議である。私が見た時は確かに喉を通るように見えたのだが。私が困惑して首をひねっていると、看護師が、

「石井さんから何か腑に落ちないことを言われたんでしょう」と話しかけてきた。

「そうだ。その通り」と私が答えると、

「石井さんから、霊魂が抜けてゆくのを見たとの話を聞いたのは、小西さんが三人目。前の二人の患者さんは二人とも、気味悪がって婦長（師長）や主任に、病室を替わりたいと直接交渉して出ていった」と若い看護師は笑って話してくれた。

私は却って怖いもの見たさの興味を覚え、そこに止《とど》まることにした。

部屋は四人部屋で、ベッドとベッドの間は広くとってあり、むしろ複室（二人部屋）よりゆとりがある。重症患者ばかりが入っているせいなのだろう。ストレッチャーが自由に出入するためなのか。

四人部屋の、もう一人の患者は、「痛い」「もう厭」「辛い」「健ちゃん、早く楽にして」と一晩中、否一日中、呻《うめ》いている病人である。何しろ切れ間がないので煩く、こちらも眠れないものだから、つい石井のばあさんに、

「呻いている人は大丈夫なのか、何か光らしいものが見えていないのか」と尋ねてみた。すると石井のばあさんは、軽蔑したように、

「あれは我慢が足らんだけ、要は御主人？　に甘えているだけじゃ。芯は儂よりしっかりしとる」と鰾膠《にべ》もなく取りつく島もない。

「しかし食事も進んでいないようだし、日々呻き声が、か細くなっているように私には思えるがな」と話すと、石井のばあさんは、

「もうあの子は、ここに入って来てから一週間になる。前の一般病棟では、あの煩ささに患者から苦情が出て、ここに移って来たということじゃ。個室に移してやれと言いたい。心配せんでええ。本当にくたばる奴は、あんな風に声をあげん。あげる力がないからじゃ。

食事も自分では食べようとせんが、主人がスプーンを口元に持っていくと、食べるやないか」と、さも憎々しげに宣《のたま》う。羨望からなんだろうが、確かによく観察している。私は閉口して、すぐ横を向いた。

石井のばあさんと言い争ったその日に、新しい患者が入って来た。

その人は私より年輩の老人で、静かな人だった。ことりとも音をさせない。呻き屋さんの声だけが病室に響く。

夕食後の血圧、体温、脈拍測定の際、看護師が耳元で囁いた。

「松井さんの呻き声で眠れないでしょう。申し訳ありません。石井さんから苦情が出て、困っているんです」と扱いに音をあげているらしい。個室への移動は強制出来ないとのこと。だったら我慢するしかない。

「病人は相身互い」。確かに寝付き難いが、互いに思い遣らないと仕方がない。こちらも鼾《いびき》をかくこともあろうし、痛さや苦しさが起こってくると、生来弱虫の私は、どんな迷惑な行動に走るか分からない。それらを考えあわせ、

「眠れないこともない」と少し強がりを言ってしまった。

翌日午前六時に採血を終え、ぼんやりしている私に対し、石井のばあさんは、ばあさんに

似合わない小さな声で、話しかけて来た。

「窓際に光の柱が立っているから見てみろ」と緊張のあまり、体が震えている。不気味に思いつつ窓辺を見たが、全く何も見えない。外は曇っていて光など射していない。私が見たものを、そのまま話すと、

「そやから凡人は困る。あの光が見えんと言うのか。あの光りようから考えると、今朝のうちに、誰かがこの部屋から旅立つ。きっと昨日、入って来た人や」と明言した。

辟易《へきえき》して相手にならなかったが、朝食の用意に入って来た配膳係が異変を発見したらしく、急に部屋が騒がしくなった。

医者二人と看護師数人が駆けこんで来、何か機械も運ばれて来た。しかしその甲斐もなく、静かな老人は、この人らしく静かに逝ってしまった。

石井のばあさんを見ると、何ごともなかったように、淡々と朝食を口に運んでいる。それを見ていると、何か妖怪を見る思いがし、正直、気味悪くなった。

翌日今度は、脱水症状の患者が担ぎこまれて来た。顔色は青白いというより、肥やしの足りない青菜のような色をしている。鉄の混じった緑色とでも言おうか。しかも呼吸が粗《あら》い。

その患者を見るなり、石井のばあさんは、

「これは御臨終や。今晩は眠れんで。覚悟しとき」と囁いた。ばあさんによると、「光の柱が、この患者について廊下から入って来た」のだという。一笑に付したいが、今までの患者の結果を当てているので、そうもいかない。

御子息らしい人が午後十時過ぎに帰り、消灯になって程なく、苦しいからか一声大きく何ごとか叫んだ後に暴れ出し、力が残っていたのだろう、ベッド脇についているベッド柵を引き抜いて投げ落とした。松井さんが悲鳴をあげ、看護師が飛びこんで来て、患者を外に連れ出したが、その人は二度と再び、部屋に戻ってこなかった。

このことがあって、私は石井のばあさんがますます化け物に見えてきた。気味が悪くて仕方がなくなった。そこで、「もう一般病棟でも大丈夫です」と無理を言って、部屋を移らせてもらった。結局私も前二者の轍《てつ》をふむことになった。彼女の言葉が怖かった。何を言われるか分からない。

私は今も尿の量と体重に気を配りながら、毎日を過ごしている身であり、半分は棺桶に足をつっこんでいるような状況である。

退院して時々病院で、外来患者として石井のばあさんに会う時があるが、精々挨拶をするぐらい、旧交をあたためないことにしている。

「あんたの横に光の柱が立っている」なんて言われたら、私でも気になる。世の中には不思議な力を持った人がいるものだと思うと、寒気がする。

# 三輪車のおばちゃん

茂松《しげまつ》 類《るい》
（大阪府・45歳）

私の住んでいるM町は、町のど真ん中に元遊郭《ゆうかく》の茶屋町がある。東の端には代々地主らのお屋敷町があり、西の端に役所、警察署等が集まる官庁街があり、残りは居職《いしょく》の自営業者たちの住居兼店舗、工場、工房がひしめきあっている。夜間人口と昼間人口がほぼ同じという町である。商店街には活気がみなぎり、あらゆるものが個人商店で入手できる。朝は暗いうちから豆腐屋、蕎麦屋、パン屋などから湯気がもれ始め、夜は丑三《うしみ》つ時《どき》を過ぎた頃に飲食店や銭湯が店じまいを始める。店が閉まった後も、灯りに集まる蛾のように、コンビニの蛍光灯に向かってふらふらと歩く人々や、夜間パトロールのおまわりさんなど、常に人の気配が漂っている。

三輪車のおばちゃんは元遊郭の中にある「玉の福」というお茶屋で働いていた。おばちゃんは噂では八十歳を超えているらしく、ひどく痩せて少し腰が曲がり、灰色の髪を首の付根あたりでピンポン玉くらいのおだんごに結っていた。元遊郭内のお茶屋は、売春防止法施行以降は芸者を呼んで派手に宴会をするだけの「料亭」として営業を続けているが、中にはこっそりと違法な部分の営業も続けている茶屋もあり、また中には違法な部分のみの営業を続けている茶屋もある。三輪車のおばちゃんが働いていたのは「違法な営業活動のみ」の茶屋で、おばちゃんは毎晩店先で客引きをしていた。警察の顔色を窺いながらの商売である。おばちゃんは玄関先に座り、下向き加減で低い声で、道行く男の人に「おにいさん、どう、寄ってかへん」と声をかけるのだ。下働きもしていたらしい。おばちゃんは昔芸者であったとか、おばちゃん自身も客をとっていたとの噂もある。私の家の二つ隣のブロックにおばちゃんの住んでいるアパートがあり、時々おばちゃんの弾く三味線の音が聞こえていた。今流行の「べべベンベンベンベン」という威勢のいい音ではなく「チン、トン、シャン」とゆっくりとした静かな音だった。

M町の人々は他人の生活に干渉せず、噂話は、噂されている本人の耳には絶対に入らない状態で町中に広がる。三輪車のおばちゃんは、働くおばあさんとして、ごく普通にM町で暮らし、出かける時にはいつも三輪車に乗って大人が普通に歩くくらいの速度で進みながら、近所の人と挨拶を交わしていた。おばちゃんの住むアパートの大家さんは、夜の犬の散歩の際に、「玉の福」の前でよく立ち止まっていた。犬がこのおばちゃんになついており、おばちゃんに頭をなでてもらうのを楽しみにしているのだ。おばちゃんは客引きをしながら三味線をいじっていることもあった。

数年前から、三輪車のおばちゃんは野良猫に餌をやり始めた。一センチほどの魚の形をしたキャットフードをところ構わず置くのである。「衛生上」「都会の生活マナー上」「生態系上」野良猫への餌やりは社会問題である。しかし、茹《う》だるように暑い夏の夜も、凍てつくように寒い冬の夜も、茶屋の店先で客引きをして一人暮らしの生計を立てている老婆に向かって「野良猫に餌やるな！」と言う人はM町にはいない。住人たちは、何も言わずに、餌が置かれるや否やその餌を掃きとるという策を講じた。三輪車のおばちゃんは、あっちで掃き取られるとこっち、と転々と場所を変えながら猫の餌を置き続けた。そして、私が車を停めている駐車場に餌を置き始めたのだ。駐車場は、私の家のすぐ裏にあり、二階の私の部屋から見下ろすことができる。車五台の小さな青空駐車場である。

ある日の朝、車に乗ると、車内がとても臭い。獣臭い。ふと見ると後部座席の窓が左右とも半分以上開いたままになっている。前夜は雨だった。野良猫が私の車の中で雨宿りをしたにちがいない。私はそのまま車で仕事に向かったが、途中臭さで吐きそうになった。

翌朝、私の車の車止めのところに猫の餌が置かれているのを発見した。明らかに食べ散らかされたあとである。時間がなかったので、そのまま仕事に行き、帰ってきて見ると、新たに餌が置かれていた。私は走って家に帰り、箒《ほうき》と塵取《ちりとり》をもって引き返し、きれいに掃き取った。それからは携帯用の小さい箒と塵取とビニール袋を車に常備し、朝夕、猫の餌を掃き取るはめになった。朝はたいてい食べ散らかされたあとである。朝掃き取った餌はビニール袋に入れて車のハッチバックに放り込み、夕方掃き取った餌と共に家に持ち帰って捨てる。夕方はそれほど食べられた形跡がない。

その後、一四、二四、三四と駐車場で猫を見かけるようになった。「コラ！」と怒鳴ると、「ニャア〜」と間の抜けた返事が返ってくる。猫どもはだらりと寝そべっている。私は犬派で、猫は嫌いだ。家にいても、駐車場の方から猫の鳴き声が聞こえるようになった。車に猫の足跡が点々とついている。餌やりは毎日ではないが、三日連続でやると一日休み、時には一日おき、という具合に断続的に続けられた。

ある日の朝、食べ散らかされた生魚が車止めの周りに散らかっていた。鯖《さば》のようだった。私は唖然とし、いちおう掃き取ったが、これを車に入れるのはためらわれ、大急ぎで家に戻って捨てた。それからはキャットフードと魚が交互に置かれるようになった。焼き秋刀魚《さんま》、煮干、ブリのアラ、煮た小鰺《こあじ》などさまざまな魚が食い散らかされている。

猫の数も増えてきた。私は猫を見ると、傘を振り回して追い払った。家にいる時も、駐車場が気になってたまらず、用もないのに駐車場に行って、餌がないか点検した。

疲れ果てた私は厚紙に「すいませんが、ここに猫の餌を置かないでください」と書いて、透明のビニールで包んで車止めのところに置いた。翌日、厚紙はなくなっており、でっかい焼き鰺が置かれていた。その夜も同じように「猫の爪で車に傷がついて困っています。ここに餌を置かないでください」と書いて置いた。翌日、また厚紙はなくなっており、ホッケの干物が置かれていた。常時十四くらいの猫が駐車場をうろついている。

私はアレルギーで体調を壊していたこともあるが、夜よく眠れなくなった。駐車場が猫でいっぱいになっている夢や、私の車の上でたくさんの猫が昼寝をしている夢などを見た。また、夜中に猫の鳴き声で目が覚めたような気がして起きあがり、窓から駐車場を見下ろすことが何度もあった。猫がいるときもあれば、いない時もある。暗くて、車止めに餌があるかどうかまでは見えない。

ある夜、窓からふと駐車場を見下ろすと、三輪車のおばちゃんが駐車場から出て行くのが見えた。私は窓から飛び降りて駐車場に行きたい衝動に駆られたが、二階なのでそういうわけにもいかず、玄関から飛び出して、角をぐるっと回って駐車場に向かった。駐車場の方から三輪車に乗って来るおばちゃんと鉢合わせになった。おばちゃんは私を無視して、ゆっくりと進んで行った。歩いて後をつけて行くと、少し離れたところにある、深夜営業の小さなスーパーに着いた。おばちゃんはまっすぐにペットの餌がある棚に行くと、一番大きな袋入りのキャットフードを抱え上げ、そのままスーッと出口に向かった。他にも客はいたし、二つあるレジの一つに店員がいたが、誰もおばちゃんの方を見ていない。おばちゃんは三輪車の後部のカゴにキャットフードを入れて、再びゆっくりと走らせた。「玉の福」に向かうようだ。途中、猫を見つけると、おばちゃんは三輪車を止めてキャットフードを与え始めた。するど、どこからか猫が集まってきて、五、六匹がおばちゃんを取り囲んだ。おばちゃんの表情は見えないが、何かブツブツ言いながら猫を撫でている。猫たちは目を細めておばちゃんにすり寄っている。

私は駐車場を替えることにした。近所の情報を集めて新しい駐車場を探し始めた矢先に、三輪車のおばちゃんが遠くに引っ越していった、という噂が耳に入った。

おばちゃんは夜の十時過ぎに大家さんのところに来て、急に引っ越すことになった、これから出て行く、お世話になりました、と挨拶に来たそうだ。突然のことに大家さんは驚いたが、高齢者が元気なうちに出て行ってくれるのは大歓迎なので、とりあえず笑顔で送りだそうと努め、敷金の返金やなんかのことがあるので、引越し先を教えてくれと言った。おばちゃんは、「遠くに行くんだす」としか答えなかったそうだ。後のことはすべて大家さんに任す、冷蔵庫とコタツなど、部屋に残っているものは処分して欲しい、と言う。三輪車の後ろカゴには、身の回りの物を詰めたらしい紙袋がぎっしりと積まれており、おばちゃんの背中には三味線がくくり付けられていた。おばちゃんはお辞儀をして三輪車にまたがり、ゆっくりと進んで行った。さすがに大家さんも心配になり、追いかけて、

「ちょ、ちょっと、何も今晩出ていかんでも、明日にしたらどないだんねん」

「わては大丈夫だす」

おばちゃんの三輪車が角を曲がって見えなくなるまで、大家さんは見送った。

おばちゃんが引っ越してから、数週間経っても相変わらず猫どもは駐車場で寝そべっている。車止めに餌を置かれることもなく、駐車場の隅々まで点検してもどこにも餌は置かれていないのに、猫たちはいなくならない。おかしいなぁ、と思っていたある日、駐車場で、あのキャットフードを一つ見つけた。それから時々、キャットフードが一つ落ちているのを見つけるようになった。三日にひとつ、五日にひとつ、という割合なのだ。猫たちはいっこうにいなくならない。

おばちゃんが引っ越して二週間後に「玉の福」は取り壊されて更地になった。今も更地のままである。最近夜中になるとそこから三味線の音が聞こえるらしい。消え入りそうに弱々しく、ゆっくりとした音なのだそうだ。

オナマエ　ナアニ?

山本《やまもと》ゆうじ
（東京都・33歳）

「この小さな島で小学校教師をもう十七年奉職しておりますなあ」浜から微かに囁きかける潮騒を背景に、男は穏やかに語り始めた。

――当時、私はここに来てまだ四年目でした。少々記憶違いの点もあるかもしれません。今もそうですが、当時は特に島から出る人が多く、一年に何度も学級の統廃合が行われ、教師としては大変な時期でした。

そんなある日の夕方、カナコちゃんという五年生の女の子がいなくなったのです。家に帰っていることを母親が一度確認したのですが、夜遅く帰宅すると、書き置きもなしにいなくなっていました。学級の統廃合でその子が私の受け持ちになったのはひと月くらい前でしたが、担任だった私は連絡を受けてその家に向かいました。

とり乱したお母さんをなだめ、心当たりを尋ねましたが、こんな時間に出かける場所なんてない、というばかりです。おとなしい子で、いつも家の中で遊ぶので、と。確かにクラスでもそんな印象でした。母親があまりにも心配するので、私も気が動転しましたが、まずはその子の部屋を調べました。すると学習机の中に日記帳が見つかり、何か手がかりがあるかと読ませてもらいました。

生徒に宿題で書かせる日記は普段から読むわけですが、個人的な日記を読むのは、相手が小学生でもいささかためらいがあります。ページをめくると、「クラスのだれも私の名前を呼んでくれない」といった記述が何度か繰り返されているので私はドキリとしました。いくら忙しいとはいえ、そういうことにいち早く気づくのは教師の義務ですから。さらに読み進めると二週間ほど前の日付でこう書かれていました。

「今日、あの子が『カナコ、遊びましょ』っていってくれた。とってもうれしい！」

私はひとまずほっとするとともに、少々自己嫌悪に陥りました。一瞬とはいえ、この行方不明の原因は自分の責任ではないかも、との考えが頭をよぎったからです。

ともあれ、母親に「『あの子』とはだれかご存じありませんか」と聞いても、分からないとの返事。心当たりがまるでないのでは探すにしても探しようがありませんから、どんな些細な手がかりでもいいので、というと、母親は「そういえば」とためらいがちに話してくれました。

ひと月ほど前に、洗骨《シンクチ》の儀式をしたというのです。私も後で調べたのですが、この辺りの南方の島にはそういう古い習慣があります。地域によって形式は異なりますが、葬式の何年か後に骨を甕《かめ》から一度取り出し、花酒や海水で洗い清め、再度、亀甲墓《カーミヌクーバカ》に納めるのです。

亀甲墓は血族一同がそっくり入る大きな墓です。骨を洗うのは、血族の女の役目とされています。新しい死人の甕は、シルヒラシという台座でまず死汁をなくすそうです。英語でも石棺を sarcophagus といいますね。sarco は肉、phagus は食べる、つまり死肉を喰らう石の意です。

その後、肉と骨を分けるのですが、いつも綺麗な骨だけになっているとは限らず、なにかの具合で木乃伊《みいら》のようになっていることもあります。腐肉が骨に張りついているときは「この世に未練がある」ということで、へらなどでこそげ落とすそうです。血族の絆を確認する伝統行事とはいえ、賛否両論があります。最近は火葬がほとんどでしょうね。三十三回忌のような長期の後での洗骨でさえ稀ですが、これは五十回忌ということでした。

戦時中、亀甲墓は防空壕と見誤られることもありましたが、実際に防空壕としても使われていました。普通はないのですが、遺骨が入り交じることがあったのでしょう。古いカルテが最近見つかり、身元不明だった遺骨の血縁が確認されたので、とうに五十年以上経っていたのですが洗骨が行われたのです。戦争中に亡くなった小さな女の子だったそうです。

母親は親類の女たちと、独特の匂いのする暗い墓室の中に怖々《こわごわ》入りました。その子を納めた甕を開けると、華奢な鳥かごのように清浄で美しい骨が眠っていました。かつては小鳥のような心臓を納めていたのでしょうか。松明《たいまつ》を掲げると、白く細い腕骨が大きな人形をひしと抱きしめています。それは素晴らしく可愛らしい外国人形でした。大きな碧の瞳は、上等のサテンのドレスと同じ色で色褪《あ》せもせず、闇の中できろりと光ったそうです。

母親の家は、今でこそ苦しい暮らしですが、当時は名家と敬われ広壮な屋敷に住んでいたとのこと。さればこそ、そのような高級人形を入手できたのでしょう。母親がその場にいたオバアに聞くと、その子の遊び相手として納めた人形ではないか、ということです。その子が寂しくならないように、というのが死者のため。もしその子が寂しくなると、他の生きた子を遊び相手に呼ぶから、というのが生者のため。

母親は綺麗な形の頭骨を丁寧に洗いました。やがて怖さも薄れ、指で撫でると後頭部に微かな窪みがあることさえ分かりました。同じ年頃であろうカナコのことを思いつつ母親は手を合わせました。さてなんとか洗骨を済ませた母親は、ふと、とんでもないことを思いつきました。その人形を娘のお土産にしようと思ったのです。人形遊びする年ではないかも、とも思いましたが、また暗い墓に戻すのはいかにも惜しく、また哀れです。あまりに非日常的な体験をして、「死」に近づきすぎたせいかもしれません。

長い時を共に過ごした骨と人形はどこか似ていました。しかし骨と比べて、人形は新品のようです。人毛でしょう、豊かに波打つ亜麻色の髪はきらきらと生気に満ち溢れていました。

母親の財力ではとてもそんな豪華な人形を買うことはできません。まったくの他人でもなし、同じ血族でもあり、ここまでお世話したのだから、という気持ちもあったのでしょう。こっそり持ちかえった人形をカナコはとても喜び、それ以来いつも人形と遊んでいたと、母親は語りました。

聞けば、その人形もなくなっているとのこと。しかしこの話は失踪の手がかりにはなりません。母親をなだめつつ、ひとまず他にいくつか心当たりの場所を聞き出せたので、私たちは警察に連絡するとともに、空き地や海岸の遊び場を探しに出かけました。

しかしその日は朝になっても見つかりませんでした。私としては次の日も少しでも人手を集めて探すつもりでした。しかし校長に確認したところ、予想通りの答えでした。休校にする予定はない、学校に来いと言われました。田舎の小学校ではありますが期末試験が近づいており、その時期は、子どもも教師もピリピリしていたのです。やむなく私は捜索を警察に任せました。

翌日の夕方、また母親から電話がありました。人形が見つかったというのです。もしかしてカナコちゃんが家にこっそり帰ってきたのかも、と私は少し安心しました。ただ実際に見つかっていない以上はまだ安心できません。

「先生、あの子が……お墓の子が恨んでいるのでしょうか。人形を取り上げたのがよくなかったんでしょうか」

「いや、そうじゃないでしょう。そもそも三十三回忌や五十回忌では、人が仏から祖霊神になると言われています。むしろ原因は、死者の呼び声を長いあいだ聞き続けた人形のほうでしょう。魂のない人形だから死者の遊び相手ができる。でも洗骨が済むと、今度は人形の遊び相手がいなくなる。だから人形は外に出たがったんじゃないのかな」

むろん今度の事件に人形が関係しているとは、私も信じていたわけではありません。しかし気の高ぶった母親を安心させるため、人形とカルテをひとまず預かることにしました。人形自体を調べればまた何か分かるかもしれない、とも考えたためです。母親が早まって人形を処分すると、手がかりがなくなるかもしれません。その人形をつぶさに調べたのですが、造りの良さに改めて感心したほかは何も分かりませんでした。

一方カルテの読みにくい字をなんとか読み解くと、「亀甲墓の中で、兵士と共に家族が隠れていた。少女が外国人形をどうしても手から放さなかったので兵士が突き飛ばし、石で頭を強打した」とありました。はっきり書いていませんが、それが死因だったようです。皮肉にも後で人形は独逸《ドイツ》製と判明したのですが……。

その夜のことでした。前日は捜索で一睡もせずにほうぼう歩き回ったので、自宅のアパートの机でついウトウトしていたようです。

「アナタノ　オナマエ　ナアニ？」

首筋で、（ふっ）とささやきかけるように微かな声がしました。

「アナタノ　オナマエ　ナアニ？」

隣の部屋のテレビの声か、とも思いました。

「アナタノ　オナマエ　ナアニ？」

あまり何度も呼ばれるので、もうろうとした頭で「健郎だよ」と答えました。

「タケオくん、遊びましょ」

疲れているから遊べない、と私は呟きました。すると突然「オボエテオレ　キサマトハ　モウ　ゼッタイ　アソバヌゾ！」物凄く大きな嗄《しやが》れ声が聞こえ、私ははっと目が覚めました。それきり辺りはしんとしていました。

それから二日後、カナコちゃんは墓室の中で死んだように眠っているのが見つかりました。こどもの力ではとうてい開けられないはずの石の蓋がわずかにずれているのを、通り掛かりの人が見つけたそうです。

「お人形さんもさびしかったの」カナコちゃんは例の人形をしっかり抱きしめ、母親がどんなに言っても放そうとしなかったそうです。

どんなに寂しくなっても人形や死人の呼び声には応えないほうがいいでしょうね。ある日突然、呼ばれたりするかもしれませんから。

あなたの名前が。

＊

「――で、その人形は今どこにあるんですか？」と私は聞いた。

彼は人なつっこい笑顔を浮かべて、「いやだなあ、椎原さん。あなたが今座っている椅子のすぐ背中の棚にいるじゃないですか。さっきからずっと、あなたのこと、みてますよ」

# 覚醒夢

武田《たけだ》 篤《あつし》
（神奈川県・49歳）

私は、幾度となく空を飛んだ。子どもの頃に慣れ親しんだ風景が眼下に広がっている。ふと気がつくと決まって目の前に電線が迫ってくる。私は、手をバタバタと動かして空気を掻く。それでなんとかギリギリ電線に引っかからずに飛び続けることができる。ひいき目に見ても上手い飛び方とはいえないが、浮遊感はとても心地よかった。

二十歳過ぎまでこんな夢をよく見た。夢判断で、飛ぶ夢は上昇志向の現れだという。三十歳を過ぎると飛ぶ夢をまったく見なくなった。ただただノルマをこなすだけの営業仕事には何の希望も持てず、将来を約束するような女性と付き合うこともない。何の変哲もない毎日を繰り返していれば、上昇志向が萎えてしまうのも無理はない。

そんなある日、空から週刊誌が降ってきた。電車の長椅子に座ってボーッとしていると、突然バサッと膝の上に落ちてきた。誰かが網棚の上に捨てていったモノらしい。そのまま床に捨ててしまうのもためらわれ、パラパラとページを繰った。無論興味を引く記事など見つかるはずもなくページを閉じる。しかし、これが啓示というものだろうか。表紙の女性を眺めていると、女性の顔の左側に張りついている「夢」という文字が目に飛び込んできた。それは『覚醒夢―夢を自由に操る方法』というタイトルだった。下車駅が近づいていた。私は、週刊誌をさも邪魔モノ扱いしているように無造作に脇に挟んで電車を降りた。

部屋に帰り、ビールをチビチビやりながら週刊誌の記事を読み始めた。誰にでもできるトレーニングを三カ月ほど続けるだけで悪夢を見なくなる。そして、最後には夢を自由に操り、思い通りの夢を見ることができるようになるという。現実逃避の気持ちがあったのかもしれない。趣味もなく、飲みに行くような友人もなく、彼女もいない。かといって満足に貯蓄があるわけでもない。夢の中だけでも出世コースをひた走るエリートサラリーマンになり、人も羨むような美人の彼女を連れて、ミシュランガイドに載るような店でディナーを食べられたら……。

私は、その日から夢のトレーニングを始めた。トレーニングの第一段階は「レム期」の確定だった。多くの人は起きた時に夢の内容を忘れてしまう。夢は、レム期と呼ばれる深い眠りの中で見るものらしい。レム期の終わりはそのまま自然な目覚めに繋がっている。この時点で起きれば夢の内容は細部まではっきりと記憶に残る。しかし、そのまま五分間睡眠を続けると半分近くの夢が消失してしまう。三十分経つと夢の記憶はほとんどなくなるのだという。私は、一週間かけて自分のレム期を探した。六～九時間の間で起床時間を三十分ずつずらしてみた。結果、私のレム期は、奇数時間にピークがあるのを発見した。七時間目と九時間目に起きた時の夢は細部まで記憶に残っていたのである。

トレーニングの第二段階は「夢日記」を書くこと。目覚めた時に、その日見た夢をできる限り細部まで思い出して書く。私の夢は、自分でも呆れるくらい悪夢ばかりだった。延々と続く坂道を得体の知れないモノ達に追われながら逃げていく。大学の卒業単位が一単位だけ足りないのを悔やみつつ授業を受けている。得意先との会議に遅刻して走っている。しかし、両足は鉛のように重い。私の潜在意識にあるものは、見えないものに対する恐怖に満ち満ちているようだった。

トレーニングの第三段階は「覚醒夢」を見ること。覚醒夢というのは、夢の中で「これは夢の中だ」という意識を持ちながら夢を見ている状態をさす。さすがにこれは難関だった。いくらがんばっても夢は夢のままで、夢の中で意識が芽生える事はなかった。トレーニングの手引きの中に、普段から「夢」と「現実」を意識して区別すると効果があると書いてあった。通勤路など慣れた道を歩いている時、人はまったく別のことを考えて無意識に歩いていることが多い。そんな時に「これは現実だ」「私は何処に向かって歩いている」と自分に言い聞かせる。酒に酔った時などはより効果があるらしい。これを二カ月間続けた。

第一段階のトレーニング開始から三カ月目。私は走っていた。昔振られた彼女を待たせている。足がもつれてなかなか上手く走れない。その時、ついに私は夢の中で覚醒した。「昔の彼女が待っている?」「もしかしてこれは夢?」「あーそうか!　夢か、じゃ花でも買おう」。花屋は右を向くとそこにあった。とびきりのバラの花束を買う。花好きの彼女は、私に抱きつかんばかりにして喜ぶ。その日のデートは最後まで絶好調だった。そして、この日から私は悪夢を見なくなった。休暇は豪華クルーザーで美女を侍らせて豪遊。仕事は、神懸ったようにやること為すことうまくいく。夢の中に不可能という言葉は存在しなかった。

私は、半年ほど夢を堪能した。しかし、同時に夢に飽き始めていた。最後に私が目論んだのは、自分だけの、自分好みの女性と交際をすることだった。人間というのは欲深い生き物である。芸能人だろうが、タレントだろうが、夢の中に登場させるのは簡単だった。しかし、実在している人物では、目覚めた時に虚しさが残ってしまう。自分の夢にしか現われない女性が欲しくなったのである。私は、思いつく限りの美女の写真を集めて自分だけの女神を作り始めた。髪の毛は長く、長身で細身。目はクリッとした二重瞼。

一週間後。自分だけの女神は、ついに私の夢の中に登場した。焦ることなく手順通りにデートを重ねていく。この過程が楽しい。次第に二人の距離は縮んでいった。初めての夜はクリスマスイブ。彼女の柔らかい肌からバラの香りがこぼれた。

夜の逢瀬《おうせ》に思いを巡らせ電車に揺られていた。そんなある日、女神は週刊誌と同じく空から降ってきた。携帯メールを打っていた彼女は、突然の電車の揺れに対応しきれず、転がるように私の膝の上にすっぽりと納まった。バラの甘い香りが長い髪の毛からこぼれた。

「ご、ごめんなさい！」

彼女は電気ショックにかかったように飛び上がり、泣きそうな顔で私を見つめながら謝った。

私の思考回路は暴走した。彼女は私が作り上げた夢の中の女神と瓜二つだったのだ。接点のあるはずのない二人。神様の悪戯だったのかも知れない。二人の下車駅は同じだった。彼女は小走りで私に追いつくと自分の失態を何度も詫びた。

「そんなに謝るなら今度食事でも付き合ってくださいよ」と私はカマをかけてみた。意外にも彼女はあっけなく承諾した。

その日から私の睡眠時間は偶数時間に変更になった。彼女は、私が夢の中で創り上げた女神とはまったく違う性格だった。天真爛漫《てんしんらんまん》で穢《けが》れを知らず、男性とまともに交際した経験すらない。厳格な家庭に育ったらしく、門限は十一時。十一時少し前になるとシンデレラのように帰っていく。まさに無菌室で育った純粋培養のビーナスだった。そんな彼女に、私は嘘をついた。最初のデートの時、私は自分の勤務先に一流商社の名前を出した。彼女に少しでもよく思われたかった。

二人で歩いているとほとんどの男は振り返る。私には分不相応な女性だった。それでも彼女はいつも笑顔を絶やさずコロコロとよく笑った。背伸びしてお洒落なレストランで食事をし、休みの日には映画や遊園地にも出かけた。こんな日々が永遠に続いたら……。私は、結婚を夢見るまでになっていた。

しかし、悲劇は突然訪れた。駅からの帰り道。立体交差の橋の上だった。「本当の自分をさらけ出そう」そう決心した私は、勤務先の嘘を告白した。彼女は笑っていた。その顔は次第に曇り始め、ついに頬に涙がこぼれた。会社の名前というより嘘をつかれた事自体が悲しいらしい。私は、俯く彼女の肩を両手で押さえて詫びた。彼女は、私の両手を振り解こうともがいた。彼女の両肩が私の手をすり抜ける。勢いあまった彼女は、橋の欄干《らんかん》を越えて飛び出した。「きゃっ」と彼女が叫ぶ。私は咄嗟《とっさ》に彼女の体を掴《つか》もうとした。彼女のコートが手の中をすべる。次の瞬間、私が掴んだのは彼女の長い髪の毛だった。ブチブチブチッと大量の髪の毛が剝ぎ取れる音。そして、一瞬遅れてグシャという音が聞こえた。橋の下を見ると奇妙な形に手足が折れ曲がった彼女が見えた。大型トラックが走り抜ける。私は怖くなり走った。変わり果てた彼女の姿を見る勇気はなかった。手に巻き付いた髪の毛は、どんなに振り解こうとしても取れない。心拍数は、限界を超えていた。自分の家の玄関を開けるとそのまま土間に倒れ込んだ。

病院で目を覚ました。

「あら、気がつきました？　三日も寝てたんですよ。会社の方が玄関で倒れているのを発見されて……。お体のほうは異状ないですから一度ご自宅に戻られて結構ですよ」と看護師が説明してくれた。私は、朦朧とした頭のまま身支度を済ませた。頭の中は、濃密な靄《もや》がかかったように何ひとつ見えてこない。

「これは夢か？　彼女はどうした……？」

自宅への帰り道。気がつくと記憶に新しいあの橋の上にいた。橋の下を恐々と覗く。そこには何の形跡もない。「彼女も夢だったのか？　そうか、すべては夢か！」そう考えるとすべてつじつまが合うような気がした。

「でも……」私は不安に駆られながら携帯電話を探した。スーツのポケットを探す。ない。バッグの中を探す。ない。「バッグの内ポケットか？」そこへ手を入れた私は、ふわりとした予想だにしない感触に、ハッとして手を引っ込めた。しかし、すぐに背筋が凍りついた。その感触は、まぎれもなく女性の長い髪の毛の塊だった。

私は再び走った。そして願った。

「夢なら覚めてくれ！」

# 真夜中の散歩

山崎《やまさき》雛《ひな》子《こ》
（東京都・39歳）

その日、私は不覚にも終電を逃した。

仲のよい同僚が上司にミスを自分のせいにされたと大荒れだったので、付き合うことになったのだ。飲みに行くのは久しぶりだったが、彼女の飲み方はとても明るく、発散するのが上手いので、付き合うのは苦ではなかった。

最初にビールを一気に三杯ほどあけ、仕事の不満をぶちまけると、後はもう、いつものおしゃべりに花が咲き、最後にカラオケまでお供して、タクシーで帰宅したときには夜中の二時近くになっていた。

酔いで火照《ほて》った頬に夜風が心地よい。家に着いたらすぐ、そのままベッドに倒れ込み、泥のように眠ってしまえたら、どんなに幸せだろう。だが、それはできない。なぜなら、玄関を入った私の目の前には、犬が一匹、期待に目を輝かせ、しっぽをちぎれんばかりに振って、私の帰宅を今や遅しと待ち構えていたからだ。

一年ほど前から犬を飼うことになった。

流行りの小型犬をペットショップで買い求めたのではない。もともとの飼い主が、生活が立ち行かず、もう犬を保健所にやるしかないとさめざめと泣くので、ついその涙にほだされて、新しい飼い主を探すのなら、見つかるまでうちで預かりましょうと申し出た。しかし案の定、犬を受け取ってそれっきり、飼い主とは連絡がとれなくなった。犬は年をとっていたが、おとなしく頭のよい牝で、柴犬の雑種だった。

最初は一日中うなだれて、目が合うたびにひどく脅えていたが、辛抱強く世話をするうち、直に心を開いてくれるようになり、やがて言葉のいらない無二の相棒になった。

犬と暮らし始めてから、私の生活サイクルは若干変更を余儀なくされる。犬は毎日、散歩に連れていかなければならない。朝晩、散歩は一日二回。夜の散歩は、深夜まで残業の多い仕事柄、ほとんど夜中といってもいい時間になってしまう。

長い夜のなかでも、真夜中のほんの数時間は、殊に何か特別なものであるような気がする。その時間には、通りも公園も、街並みはすべて、昼間とはまるで別の空間だ。SFなどによく出てくるパラレルワールドというものがあるが、夜のなかの数時間だけ、回転舞台のように、異次元の世界がくるりとこちら側に出てきているのではないか。

犬と連れ立って夜更けの街に出ると、私はいつも知らない街に迷い込んだような錯覚に陥る。見慣れた風景なのに、どこかよそよそしい。月の光があらゆるものを金属のように青白く発光させている。ぽつんぽつんと立っている街灯が、俯《うつむ》いて自身の足下にぼんやりと頼りない光を投げる。ひっそりとした通りを歩く私の足音も、真綿のような闇に、滑らかに吸い込まれていくようだ。

擂り鉢状の夜の底にぽつんと立つ私たちを、ぐるりと取り囲む段状の客席から、異形ののたちがじっと見つめている。そんな気配すら感じられるような気がするのだ。

夜中の散歩では、実にさまざまな不思議なものに出会った。もちろん、幽霊などではない。少し訳ありの、れっきとした人間たちだ……たぶん。

たとえば、まだ底冷えのする春先のことだ。真夜中の公園のベンチに青白い顔をした一人の青年が座っていた。本物の幽霊かと初めて見たときは思わずぎょっとした。毎日同じ姿勢で、思いつめたような顔をして、膝の上で拳を握りしめ、微動だにせず座っているのだ。それは一カ月ほど続き、やがて姿を消した。悩みごとが解決したのかもしれない。長い前髪が目の下まで垂れ下がった、神経質そうな彼の横顔を私ははっきりと覚えている。

また別の日には、公園の広場一面に古ぼけた自転車が何台も横倒しにされているのに出くわした。それはご丁寧にも、錆びたハンドルをそれぞれ同じ向きに揃え、きれいに円陣を組んでいるのだった。いったい誰が何のために？　夜の底に疑問は今も置き去りになったままだ。

大半の人が眠りにつくこんな時間に外を歩いているのは私ぐらいかと思ったら、意外とそうではないようである。それぞれの事情を抱え、ひっそりと蠢《うごめ》く人々を、夜はその深い懐に、そっとかくまっているのかもしれない。

そんなことを、散歩をしながら思っていた。例によって犬は、はしゃぎ気味だ。今日はいつもより帰りが遅かったので、さぞ待ちわびていたことだろう。さすがに申し訳ない気持ちになる。

夜中にたった一人で犬の散歩だなんて、怖くないのとよく聞かれる。犬と一緒だということがずいぶん心強くしているが、私は大変な怖がりなのである。

私はふと、先ほどの飲み屋での同僚との会話を思い出した。何がきっかけだったかは忘れたが、途中から話題は怪談話になっていた。

彼女は霊感が強いほうだという。彼氏と出かけた旅行先のホテルで金縛りにあったことや、自殺の名所である渓谷にかかる大きな橋に行ったとき、なぜか急にたちくらみがして落ちそうになった体験などを、臨場感たっぷりに話す。そして私は困ったことに、怖がりなくせして人一倍、その手の話が大好きなのである。もっとも、そういう話を聞いた晩は必ず、電気をつけっぱなしにしないと寝られないという体たらくなのだが。

今日は、何が出てくるのがいちばん怖いかという議論で盛り上がった。目と手がいい勝負だったが、結局手がいちばん怖いという結論になった。古典ともいうべきトイレの怪談は、手首から先の手だけが出てくるからいっそう怖さを増しているのだ、と彼女は熱弁をふるっていた。

確かに私もそう思う。私は自分の手を見つめた。不器用ながらもよく働いてくれる、このありふれた体の一部分である手が、どうしてそんなに恐ろしいのだろう。

そのとき、私の目の端を、白いねずみのようなものが掠《かす》めた。私は足を止めて目を凝らした。

四階建ての、小さいけれど瀟洒《しょうしゃ》なマンションの前だった。道路に面した敷地内に駐車場が設けられ、五台ほど車が停まっている。一番左端は黒っぽいワンボックスカーで、傍の外灯がちょうど運転席のあたりを、スポットライトのように照らし出していた。

その運転席のヘッドレストに、それはいた。ねずみではない。白い、手だった。手首から先の。

手は、今ではヘッドレストから背もたれの部分に移り、ゆっくりとではあるが、五本の指を掻きむしるかのごとく動かして、しきりに這い回っていた。その様子は、殺虫剤をかけられた虫の断末魔にも似ていた。

やがて手が、窓際のシートベルトに触れたとき、私はそれが笑ったように思えた。目も口もないのにどうしてそう思ったのかはわからない。けれど、シートベルトをぐいぐい引き出しているその手は、確かに喜びを溢れさせていたのだ。

そのときになってようやく、根が生えたように動かない自分の足を、私は無理やり地面から引き剝がした。犬を強く引っぱり踵《きびす》を返す。「見てない、私は何も見ていない」と、誰にともなく繰り返し、息苦しいほど心臓の鼓動は激しくなり、どんどん早足になった。最後にとうとう駆け出して、ドアに体をぶつけるようにして鍵を開け、私は明るい部屋の中に飛び込んだ。

見てはいけないものだった、ということだけははっきりと感じていた。今、目にしたものは、これまで出会った不思議なものとはまったく別ものであることを。それは真夜中の街のなかで、完全に違う世界に住み分けていなければならない種類のものに違いない。

踵を返す瞬間、運転席の後ろから覆いかぶさるようにした長い髪の女の人がちらりと見えたような気がしたのは、私の願望が見せた幻なのかもしれない。

いずれにせよとにかく、あれは何かの見間違いで、酔っ払いと近眼のせいだと強引に思い込むよう努力した。怖がりの私に霊感などあってはたまらない。

そんな経験をしても、真夜中に散歩に行くのをやめることはできない。つぶらな瞳が期待に輝いて私を待っている限り。

そして、その日から、あの駐車場で、私は二度と件の黒い車を見ていないのだ。左端はずっと空いていたが、半年ほど経ったころ、白い乗用車がはいっていた。

# 選評

阿刀田《あとうだ》 高《たかし》

読者の応募による『奇妙にこわい話』はタイトルを少しずつ変えながら第一回（平成十年）から第七回（平成十九年）までシリーズとして出版され、今回が第八回である。副題として〝寄せられた［体験］〟とあるが、フィクションを帯びることを許容している。作品としての現実性が大切であり、文章力もまた当然のことながらよしあしを決めるポイントとなる。月並なものより、怖さもさることながらユニークな視点が望まれるのも当然であろう。最優秀作として『羊飼いの男』を選んだ。怪談を超えて芸術作品（絵画）に迫る味わいがある。絵の中の男について、

この男は、ここで生まれ、ここで育ち、ここで働き、ここで年をとり、そしてここで死んでいく。彼の親も、そのまた親もそうであったように。ここで生き、この土地を守っていく。彼の人生が見えたような気がした。

と綴る感性はすばらしい。美術館の一角で感じた妖気は人間の実存を見ているようにさえ思った。風の描写もよく効いている。

次に優秀作十編について。この順序は評価の高いものから低いものへ、つまり『スリッパの中で』が最優秀作に次ぐ二席で、『右手』三席……ということだ。もとより私の評価であり、他の人が選んだら、またべつな結果があったろうが（最優秀作も同様）一応順番をつけてみた。

『スリッパの中で』は意外性があって、おもしろい。三匹も固まっているとはね。そしてさらにもう一匹……よほど好かれたんでしょうね。

『右手』はまさしく怖い話。布団と布団のあいだに……というところに現実感があって出色だ。

『どこかの世界から』は近衛信尹を持ち出して奥行きが深い。知的な怪談ですね。

『肉まんは美味しい』はシュールレアリスムの世界。納得ができた。

『ガラサーの森』は石垣島ならではの恐怖を捕らえて巧みである。

『明鳥』は幼いころの話と、新しい体験と、二つが無理なくつながるところが、おみごと。

『電話のベル』は恐怖談が人情話に変わって〝ありうるよな〟と思った。

『地下室の住人』は異国のホームステイであればこそ、と怖さを膨らませてみた。

『オチマ人形、七十年の怪』は土俗的な恐怖怪談の一つのパターンですね。

『ひとりかくれんぼ』はかくれんぼという遊びの怖さをうまく作品化している。

　このあとの二十編が佳作であり、この配列は投稿の日時の早い順に並べてある。先にあるものが上位というわけではない。

　最後に「奇妙にこわい話」は、広い意味でのショートショートと考えてよいと思うが、短い作品の執筆に当たっては、作品を創るプロセスで、

——このストーリー展開が、このアイデアを生かす一番よいものだろうか——

　考え直す努力が大切だ。実話をもとにしていても、少し加えたり、少し削ったり、作品化のための添削は充分に必要であろう。

第9回　——大好評「寄せられた体験」シリーズ

# 「奇妙にこわい話」大募集！

選者は阿刀田高氏

光文社文庫では、広く読者に原稿を募集します。

●テーマ　「奇妙にこわい話」
身近に起こった忘れられない「恐怖体験」、わけのわからない不思議な出来事、なんだかゾッとする話などなど……を、阿刀田高氏（作家）が選考します。

●応募規定　Ａ４判400字詰原稿用紙10枚以内（ワープロ使用の場合は、タテ書き20字×20行）。別紙に題名、氏名（ふりがな）、〒住所、連絡先電話番号、年齢、職業を明記し、これを原稿の表紙として いっしょに右肩を綴じてページをふってください。未発表の作品に限ります。応募原稿は返却いたしません。なお、入選作品の著作権は、光文社に帰属します。

●応募締切り　'09年1月13日（当日消印有効）。

●選考　阿刀田高氏の選考により、最優秀作1点、優秀作10点、佳作20点を決定します。

●賞金　最優秀作20万円（1点）、優秀作3万円（10点）、佳作1万円（20点）。

●結果発表　入選者の方に、郵送にて直接通知します。

●応募先　〒112－8011　東京都文京区音羽1－16－6　光文社文庫編集部「奇妙にこわい話」S係

●問い合わせ先電話番号　03（5395）8147（光文社文庫編集部）

※選考に関するお問い合わせにはお応えできません。

＊住所・氏名などの個人情報は本来の目的以外に使用せず、大切に扱わせていただきます。

光文社文庫

文庫書下ろし
もちろん奇《き》妙《みよう》にこわい話《はなし》　寄《よ》せられた「体《たい》験《けん》」
選　者　阿《あ》刀《とう》田《だ》高《たかし》

2008年7月20日　初版1刷発行

| | |
|---|---|
| 発行者 | 駒　井　　稔 |
| 印　刷 | 慶　昌　堂　印　刷 |
| 製　本 | 榎　本　製　本 |

発行所　株式会社　光　文　社
〒112-8011　東京都文京区音羽1-16-6
電話　(03)5395-8149　編集部
8114　販売部
8125　業務部



落丁本・乱丁本は業務部にご連絡くだされば、お取替えいたします。
ISBN978-4-334-74453-3　Printed in Japan



組版　萩原印刷

**お願い**　光文社文庫をお読みになって、いかがでございましたか。「読後の感想」を編集部あてに、ぜひお送りください。

このほか光文社文庫では、どんな本をお読みになりましたか。これから、どういう本をご希望ですか。

どの本も、誤植がないようつとめていますが、もしお気づきの点がございましたら、お教えください。ご職業、ご年齢などもお書きそえいただければ幸いです。当社の規定により本来の目的以外に使用せず、大切に扱わせていただきます。

光文社文庫編集部